구천마성

구천마성(九天魔星)
〈완결〉
5

정염 신무협 장편 소설 구천마성

뿔미디어

1.
천마비동(天魔秘洞)

구천
마성

공명이 살벌한 말과 함께 검을 뽑아 들며 작정하고 앞으로 나섰지만 철검대는 미동도 하지 않았다.

은발연화가 사라졌다고 해서 섣불리 달려들지도 않았지만, 그렇다고 해서 공명의 일갈에 물러선 것도 아니었다.

철검대 부대주 고주효는 부지런히 머리를 굴렸다. 그가 지금 가장 궁금한 것은 은발연화가 사라지고 새로 나타난 여인의 정체였다.

'은발연화가 뒤를 맡기고 떠났다면 보통 고수는 아니

란 말인데…….'

고주효는 은발연화가 새로 나타난 여인에게 자신의 일을 맡기고 훌쩍 떠났다는 사실에 주목했다. 그렇다면 새로 나타난 여인이 보통이 아니라는 것을 의미했다.

'누굴까? 저런 미모라면 분명 소문이 났을 것인데… 모용소군일 리는 없고?'

고주효는 안력을 높여 공명을 살피면서 이리저리 머리를 굴려 공명의 정체를 파악해 내려 했지만 도무지 떠오르는 여고수가 없었다.

사실 모용소군이라면 문제 될 것도 없었다.

북검회 최강무력단체인 철검대 칠백고수가 한낱 모용세가의 여인 하나를 상대하지 못할 것이라고는 생각하지 않았던 것이다. 그만큼 철검대는 강했고 자신이 있었다.

구마사 셋을 저승으로 보낸 은발연화만 아니라면 말이다.

생각에 잠겼던 고주효의 눈에 문득 이채가 서렸다.

'은발연화와 관계된 인물이라면 모두 소마황과 관련된 인물들이다. 그중에 여인이라면 소마황의 정혼자라고 알려진 마교의 독고영경이 있고… 흠! 그 외에는 검도쌍령 중 도령이 있고 또 누가 있더라? 그렇지! 청조각의

 구천마성

공명 사태로구나.'

고주효는 생각을 거듭한 끝에 어렵사리 공명의 정체를 유추해 냈다. 그러나 섣불리 행동에 나서지는 못했다.

그가 알기로 공명 사태라면 몇 년 전 소마황과 함께 죽은 것으로 알려져 있기 때문이었다.

그런 공명 사태가 살아 있다면 소마황도 살아 있을지도 모른다는 생각에 겁이 났던 것이었다.

'일단은 정체를 확인하고 보자.'

고주효는 자신의 추측이 맞는지 일단 확인하고 뭘 해도 해야겠다는 생각에 천천히 앞으로 나서더니 내력을 돋우며 입을 열었다.

자신의 힘을 과시함과 동시에 상대의 정체와 무력을 알아내고자 함이었다.

"나는 북검회 철검대 부대주 고모라 하오. 우리는 본회의 수배자인 양가의 인물들을 압송하여 조사하고자 왔소. 그대는 누구인데 우리의 앞길을 막는 것이오?"

고주효의 내력이 실린 음성이 울려 퍼지자 숲 속의 공기가 일제히 요동치며 나뭇가지까지 흔들렸다.

더구나 고주효 뒤에 도열한 철검대원들의 검이 살기

를 뿌려대자 어린 이건은 물론이요, 양현성과 나머지 양가의 인물들은 몸이 떨려왔다.

사고인 은발연화의 부재가 바로 공포로 이어졌던 것이다.

그런 이건과 양현성을 힐긋 바라본 공명은 어이가 없었다.

'이 아이들이 날 아주 물로 보는구나. 사저의 자리에 내가 있다고 부들부들 떨어? 내가 그리도 못 미덥단 말인가?'

공명은 이 현실에 묘한 불쾌감이 밀려들었다. 어찌 보면 유치한 생각에 불과했지만 어느 순간 사저인 정홍연에게는 늘 묘한 호승심이 생겨나곤 했던 것이다.

"내가 누군진 알 거 없다. 다시 한 번 말하지만 길을 열지 않으면 너희들을 죽일 수도 있다."

공명의 말은 아주 나직했지만 고주효의 귀에는 마치 천둥소리처럼 울려 퍼졌다.

"으음!"

고주효는 침음을 삼켰다.

내공을 싣지 않은 것 같은 여인의 음성이 그의 귀에는 마치 고막을 찢을 것처럼 파고들었기 때문이었다.

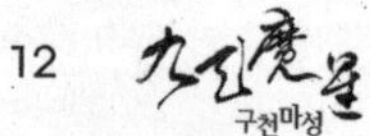

잠시 머뭇거리던 고주효가 다시 입을 열었다.

"혹시 그대는 청조각의 공명 사태가 아니시오?"

고주효의 말에 공명의 안면이 여지없이 일그러졌다.

'염병할! 그놈의 사태 소리는 우라지게도 쫓아다니는 구나.'

공명은 자신이 이미 계율을 어기고 스스로 청조각에 서 나온 것이라고 생각했다.

고기를 먹고, 사람을 죽이고, 사내에게 연정을 품었으 니 설사 청조각에서 아무 말이 없더라도 자신은 이미 불 문의 비구니가 아닌 것이었다.

하지만 그런 생각 속에서도 사부인 연정 사태를 생각 하니 가슴이 쓰려왔다.

"네가 불문의 제자가 된 것도 다 인연이니 살면서 어 려움이 생기면 법과 계율에 의지하여라."

연정 사태는 그렇게 말했었다.

그러나 공명은 법과 계율에 의지한 것이 아니라 수도 없이 어겼다. 자신이 청조각의 제자임을 부정할 때마다 사부인 연정 사태에 대한 미안함이 아련한 슬픔이 되어 가슴속을 후볐다.

'사부! 미안하오. 난 아무래도 부처님 품 안에 살기는 부족한 중생인가 보오.'

공명은 쉼 없이 솟구쳐 오르는 상념을 누르려 애써 숨을 더욱 가다듬었다.

용호결의 호흡이 면면하고 미미하게 흐르며 공명의 쓰린 마음을 가다듬었다.

그 순간 철검대 부대주 고주효는 착각에 빠졌다.

더 이상 공명이 말이 없자 나름대로 머리를 굴리기 시작한 것이다.

사실 청조각이 정파에서는 구파와 어깨를 나란히 할 정도의 명문인 것은 사실이었지만 그렇다고 두려워할 정도는 아니었다. 천하제일세가라는 모용세가도 하찮게 여기는 북검회의 위세에 청조각이 두려울 리 없었던 것이다.

'하기야 청조각에 무슨 절세무공이 있다고 내가 이리 떤단 말인가? 각주인 공정 늙은이라 하더라도 이곳을 벗어나진 못한다.'

나름 결론을 내린 고주효는 오른손을 들어 올려 대원들에게 신호를 보냈다.

구천마성

조심스럽게 공격을 감행하라는 수신호였다.

스르릉! 스르릉!

부대주의 신호를 받은 대원들이 일제히 검을 뽑아 들면서 살을 에는 듯한 살기와 함께 검명이 울려 퍼졌다.

후두득! 후두득!

검명과 함께 하늘로 몰려든 먹구름들 사이로 굵은 빗방울이 떨어지기 시작했다.

콰르릉! 콰르릉!

이어서 요란한 폭음과 함께 천둥이 치기 시작하더니 번쩍거리며 뇌전이 작렬했다.

'이놈들이? 오냐, 네놈들이 그리도 무시하는 이 공명과 청조각이 어떤 사람이며 어떤 곳인지 뼈에 새겨 주마.'

공명은 방금은 자신이 청조각의 제자가 아니라고 고개를 휘졌다가는 다시 청조각의 힘을 보여 주겠다는 식으로 마음을 달래며 용호결의 호흡을 길게 안으로 갈무리했다.

"사고!"

"사고, 적들이……."

공명의 뒷편에서 떨고 있던 양현성과 이건은 철검대

의 검수들이 검을 번뜩이며 오 장 앞까지 다가서자 불현듯 공명을 불렀다.

그 순간이었다.

공명은 길고 가늘게 빨아들이던 용호결의 호흡을 거칠게 뿜어냈다.

파하!

거칠게 뿜어져 나간 호흡은 하늘에서 내리던 빗방울을 그대로 밀어내 수많은 암기로 만들었다.

크아악!

카아악!

다가서던 철검대 고수들은 그대로 빗방울에 맞아 비명을 지르며 뒤로 나가떨어졌다.

용호결의 선기를 가득 품은 빗방울은 무수한 암기로 돌변해 제일 일선에 서 있던 철검대 고수들을 그대로 날려 버렸다.

"이놈들!"

스르릉!

공명의 고함이 터지자 고주효는 아차 싶었다.

빗방울을 암기로 만들어 날릴 정도라니!

그러나 이미 공명의 적연검이 뽑혀져 나와 수직으로

하늘을 향하고 있었다.

"이런… 쳐라. 적은 단 하나다. 쳐라!"

잠시 두려움에 휩싸였던 고주효는 최악의 선택을 하고 말았다.

철검대원들이 부대주의 명에 따라 다시 달려들자 공명은 그대로 검을 내려 검극을 적들을 향해 가리켰다.

번쩍!

콰르릉!

크악! 아악!

공명이 검으로 철검대원들을 겨눌 때마다 번쩍거리는 뇌전이 그대로 철검대원들을 향해 내리꽂혔다.

"크윽! 이럴 수가?"

"끄아악!"

고주효를 비롯한 철검대원들은 믿어지지 않는 현실에 넋을 잃고는 그 자리에 무너져 내렸다.

그 순간 공명의 눈이 눈동자 없이 흰색으로 물들며 빛을 내기 시작했다.

그 빛은 그대로 빗줄기를 뚫고는 철검대원들의 뇌리에 쑤셔 박히며 그들의 의지를 무너뜨렸다.

"커억! 인간이 아니다. 마신이다. 마신!"

"컥! 퇴각하라. 모두 도망쳐라. 도망쳐!"

고주효는 공명의 번쩍이는 눈빛이 자신을 향하자 두려움으로 모든 의지가 무너져 내리며 제일 먼저 도망치기 시작했다.

순식간에 수십 명의 사상자를 남긴 채 철검대원 칠백이 나 살려라 줄행랑을 쳤다.

공명은 그들을 쫓지 않았다.

그 자리에 우뚝 선 채 백안을 번뜩이며 움직이지 않았다. 그렇게 한 시진이 지나도 공명의 움직임은 없었다.

"저… 기, 사… 아고!"

한참 동안 넋을 놓았던 양현성이 떨리는 목소리로 입을 열자 그제야 공명의 고개가 뒤로 돌려졌다.

어느새 백안은 원래대로 돌아와 있었다.

"왜 그러느냐?"

"저기, 저… 적들이 도망쳤는데요?"

"그래? 거 잘되었구나."

"저… 저희들은 어찌할까요?"

"어찌하긴 뭘 어찌하냐? 본 문으로 돌아가야지."

"예? 예, 사고!"

"건아야, 이리 오너라."

“왜… 요?”

“왜긴 왜냐? 널 업고 가려고 그러지.”

“사… 고! 전 걸어갈 수 있는데요?”

“그래?”

“예, 사고, 전 걸어가겠습니다.”

“그놈 참! 잠깐 사이에 뭘 잘못 먹었나? 갑자기 사내 대장부가 다 되었구나. 그래 가자.”

공명이 말을 마치고 앞장서자 양현성과 이건, 그리고 양가의 식솔들이 부들부들 떨며 그 뒤를 따랐다.

모두가 질린 얼굴이었고 누구도 말이 없었다.

2

검을 뽑아 들었던 이윤은 잠시 멈칫하다가는 다시 검을 검집에 넣었다. 이윤의 그런 행동은 얼핏 보기에는 어이없는 행동이었지만 너무나 자연스러워 남도천의 무사들이 보기에도 그저 평범한 행동처럼 느껴졌다.

그렇기에 누구도 두려움을 느낀다거나 위협을 느끼지 못했다.

“용기가 가상하구나. 너는 우리가 어디서 왔는지 아

느냐?”

“하하하! 귀하들은 구천마성의 구중천 중 도천에서 나온 환혼대가 아니오?”

이윤의 말에 조용히 앞으로 나선 환혼대의 대주 환혼혈도 맹강은 혀를 내둘렀다.

‘우리가 누구인지 뻔히 알면서도 저리 당당한 저자는 도대체 누구란 말인가?’

“네 말은 반은 맞고 반은 틀렸다. 구천마성은 이미 없어졌으니 구중천도 없다. 그러니 우린 단지 도천의 환혼대일 뿐이지.”

“그거 잘되었구려. 아무튼 난 당신들의 소속에는 별 관심이 없소. 길을 열 것이 아니라면 어서 오시오.”

이윤이 자신의 말에도 당당함을 잃지 않고 일전불사의 의지를 밝히자 맹강의 머릿속은 더 복잡해졌다.

엄기문을 믿고 벌이는 허장성세로 보기에는 이윤의 태도가 너무나 당당하고 안정되어 있었던 것이다.

“하하하! 젊은 놈의 혈기가 대단하구나. 과연 그 당당함만큼 네놈의 능력이 되는지 모르겠다.”

“이놈! 말을 삼가라. 네놈이 함부로 입에 담을 분이 아니시다.”

맹강의 말에 여인의 고함이 터지자 맹강을 비롯한 환혼대원들의 시선이 모두 음성의 주인공을 향했다.

고함의 주인공은 바로 도령이었다.

도령은 적들이 시선에 아랑곳하지 않고 이윤에게 공손히 머리를 숙이며 말했다.

"저자들은 속하에게 맡겨 주십시오."

"네 몸이 아직 다 낫지 않았으니 먼저 몸을 다스려라."

"손수 손을 더럽히실 일이 아니옵니다."

도령의 완곡한 말에도 이윤은 입을 다물었다.

그 때였다.

아침햇살이 따가워지기 시작한 하늘 위에서 마치 눈송이처럼 희고 작은 물체들이 살며시 떨어져 내리기 시작했다.

사천의 성도에 눈이 내릴 리는 없으니 그것은 눈송이일 리가 없었다.

"이화궁이옵니다. 합하!"

떨어져 내리던 흰 물체를 유심히 살피던 도령이 낮은 목소리로 이윤에게 눈송이 아닌 눈송이의 정체를 알렸다.

이화(梨花)!

바로 이화궁, 즉 요마천을 상징하는 표식이었다.

"이화궁에서 누가 온 것 같으냐?"

"요마혼이거나 아니면……."

이윤의 질문에 대답을 하던 도령이 말끝을 흐렸다.

요마혼, 즉 이화궁주이거나 아니면 요마사일 수도 있다는 말이라는 것을 이윤은 바로 직감했다.

이화궁에서 꽃잎까지 뿌리며 출현을 알릴 정도의 인물은 바로 당대의 이화궁주이거나 아니면 그녀의 사부인 요마사 밖에는 없었던 것이다.

"도천의 맹강이 궁주를 뵈오."

아니나 다를까 도천 환혼대의 맹강이 서둘러 물러나며 고개를 깊숙이 숙이자 나머지 환혼대원들도 물러나 모두 깊게 고개를 숙였다.

"호호호호호! 사부께서 왕림하셨으니 예를 더하여라."

요사한 웃음소리와 함께 다섯 명의 여인이 모습을 드러냈는데 그중 입을 연 인물은 바로 다름 아닌 이화궁주 요마혼이었다.

하지만 그녀의 등장보다는 그녀의 말이 더 이윤과 일

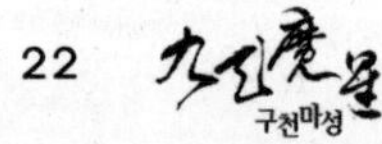

행을 압박했다.

요마혼의 사부라니?

그 순간 고개만 숙였던 환혼대주 맹강과 환혼대원들이 일제히 무릎을 꺾으며 머리를 땅에 처박았다.

"도천의 환혼대가 마의 스승이신 요마사를 알현하옵니다."

그랬다.

바로 구마사 중 유일한 여인인 요마사가 나타났던 것이었다.

"호호호호호! 내 이곳에 볼일이 있어 왔으니 도천의 아이들은 모두 물러나거라."

모습은 보이지 않고 흘러나온 음성은 요요하기 그지없어 그대로 머릿속을 뚫고 들어와 심금을 흔들어 놓았다.

잠시 머뭇거리던 맹강은 그대로 몸을 일으켜 환혼대와 함께 물러나기 시작했다.

잠깐이나마 입을 열려던 맹강이 급히 구마사란 존재의 무서움을 떠올렸던 것이다.

그 순간이 바로 생과 사의 갈림길이 될 수 있었으니 그는 찰나의 순간에 목숨을 구한 것이었다.

환혼대가 물러나자 장내에는 이윤과 엄기문, 서지명, 도령, 그리고 금인화만이 남았는데 이윤을 제외하고는 모두가 비장한 표정들이었다.

그럴 수밖에 없는 것이 요마사는 일행에게 있어 최악이자 최강의 적이었기 때문이다.

“네가 내 손녀를 해하였다고 들었다. 그것이 사실이냐?”

천천히 모습을 드러낸 중년의 미부는 바로 도령을 향해 입을 열었다.

‘흠! 나이가 삼백이 넘었다고 들었는데 보기에는 오십도 아니 되어 보이는구나. 어쩜 저럴 수 있을까?’

요마사의 예상과 다른 모습에 금인화가 엉뚱한 생각을 하는 사이 다시 이화궁주 요마혼의 날카로운 음성이 터졌다.

“감히 마의 스승이신 마사 앞에서 무릎을 꼿꼿이 세우고 있다니… 냉큼 무릎을 꿇고 이실직고 하지 못할까?”

“검령의 일이라면 내가 한 일이 맞소. 그 일을 따지러 온 것이라면 내가 상대하리다.”

“뭐라? 상대를 해? 네가 성에서 헌원 늙은이의 도를

얻을 때부터 기고만장해 날뛰더니 감히 누구 앞에서 망발이냐? 네 이년!"

도령의 말에 이화궁주 요마혼이 노발대발했지만 도령은 아무 표정 없이 철혈마도를 끌러 우수에 쥐었다.

그 모습에 요마사의 눈에 이채가 서렸다.

우수를 슬쩍 들어 달려들려던 요마혼을 제지시킨 요마사가 고개를 끄덕이더니 입을 열었다.

"이 할미가 나이가 먹어 눈이 멀었거나 아니면 너무 세월이 지나 기억이 흐려졌나 보오."

갑작스런 요마사의 공대에 요마혼은 물론이요, 요마사의 수신호위인 요마사선자도 어리둥절한 표정이었다.

그 때 이윤의 음성이 장내에 조용히 퍼져 나갔다.

"내 보기엔 여전히 정정하시니 걱정할 일이 아닌 듯하오. 하지만 천기를 거슬리며 너무 오래 살면 그럴 날도 멀지 않겠지."

이윤의 말에 어리둥절하던 요마혼과 요마사선자의 얼굴이 노기로 가득 찼다.

감히 요마사에게 하대를 하다니?

그러나 그 노기는 요마사의 말에 긴장감으로 돌변했다.

"호호호호호! 이렇게 장성해 당당한 청년이 된 것을 보니 이 할미는 기쁘기 그지없소. 그대가 죽었다는 소식에 마음이 아팠었는데 다시 만나니 이 세상에서 나와의 인연이 남다른 것이 아니오? 아니 그렇소, 합하!"

합하!

요마사가 합하라고 부를 수 있는 인물은 천하에 단 두 명이다. 바로 구천마황 혁세기와 그의 유일한 전인인 이윤이 바로 그 둘이었다.

요마사는 어렵지 않게 이윤의 정체를 간파했던 것이었다.

"요마사는 무얼 하는가? 예를 취하라. 당대의 마황 합하시다."

도령이 앞으로 나서며 요마사에게 예를 취하라 말했다. 이미 정체가 밝혀졌으니 이제 정면승부밖에는 없다고 판단하여 기선을 제압하려는 의도였다.

요마사의 무공이야 말하나 마나여서 이윤과의 승부에서 누가 이길지 장담하기 어려운 상황이었다.

그러나 요마혼이나 요마사선자의 무공 또한 녹녹한 것이 아니었다. 이들을 자신과 유일한 구천마황대원 둘이 막아 내지 못한다면 승부를 볼 것도 없다는 것이 그녀의 생각이었다.

더구나 요마사선자는 요마사가 구천마성에 입성할 때 함께 들어온 노물들로 그 무위를 예측하기 어려웠다.

환혼대는 이들에 비하면 강아지 새끼에 불과했으니 가슴이 서늘해 왔다.

그러나 그런 도령의 마음을 아는지 모르는지 이윤은 어떤 표정도 없이 여유 있는 표정이었다.

“네가 빙마사를 이겼다고 들었다. 하지만 난 빙마사가 아니다. 혹 네 사매까지 있다면 모를까 아니라면 넌 여기서 살아나가지 못한다. 검령은 내 손녀다. 난 손녀의 원수를 갚는 것이니 날 너무 탓하지 말거라.”

요마사는 바로 하대를 하며 섭선을 꺼내 들더니 천천히 앞으로 나섰다. 그러자 기다렸다는 듯이 이윤이 나서며 묵죽을 꺼내 들었다.

“음… 파멸지옥검이로구나. 내 오늘 그 검에 당한 유일한 패배를 씻고 내가 혁세기보다 강함을 증명해 보이겠다.”

“사매는 이곳에 오지 않을 것이니 걱정하지 마시오. 그렇다 하더라도 당신은 이곳에서 살아나가지 못할 것이오.”

이윤은 혹 은발연화 정홍연이 나타날까 걱정하는 요마사의 마음을 읽고는 그녀의 걱정거리를 덜어주었다.

순간 요마사의 얼굴이 일그러졌다.

"네 이놈! 내가 은발연화가 온다고 두려워할 것 같으냐?"

치부를 들킨 사람처럼 요마사는 바로 섭선을 흔들어대며 대노하여 외쳤다.

딸랑 딸랑 딸랑!

섭선에 달린 방울이 소리를 내며 요사한 기운이 이윤을 향해 밀려들었다.

"크으윽!"

가장 내력이 낮은 금인화는 밀려드는 요기에 벌써 내상을 입고는 입으로 피를 토해 냈다.

그 때!

이윤이 빼 들은 아수라묵죽검에서 흰빛이 솟으며 검신이 만들어지더니 바로 요마사를 향해 쏘아져 갔다.

타탕!

검신이 요마사의 섭선의 기운과 부딪치더니 튕겨져 나왔지만 다시 두 개의 검신이 만들어지며 다시 쏘아져 갔다.

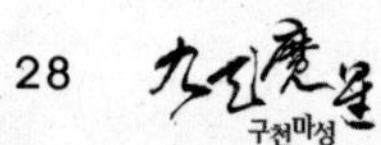

쉐에엑!

타탕! 타탕!

두 사람이 격돌하는 주변으로 저절로 강한 기막이 드리워졌고, 안력을 높여도 아무것도 보이지 않은 채 파공음만이 울려 퍼졌다.

격전 속에서도 이윤의 마음은 깊이 침잠해 들어갔다. 모두 자신의 몸에서 나오는 것인데 너무나 다른 두 가지 성격의 기운이 원하는 대로 합쳐지지 않고 있었기 때문이다.

"일체유심조라 하지 않았소? 모든 것이 오라비 마음에 달려 있을 것이니 내 무엇이 걱정이겠소."

순간 이가원에서 지낼 때 공명이 한 말이 부지불식간에 떠올랐다.

'그래! 모든 것이 내 마음에 달려 있는데 어찌 기운이 둘로 나누어진단 말인가? 그것은 분명 내 마음이 하나이지 못한 탓이로다.'

이윤은 순간적으로 자신도 모르는 사이에 분리되어 있는 자신을 들여다보았다.

용호결의 선기를 만들어 내는 마음은 그저 고요하기 그지없다. 하지만 부모님을 잃고 복수를 위해 품은 화기는 여전히 마음속에서 부글부글 끓고 있었다.

화기의 기세가 강해, 아니 이윤의 마음에 품은 원한의 덩어리가 너무 강해 용호결의 선기에도 사그라들지 않고 있었던 것이다.

이윤은 자신의 코끝을 바라보며 용호결의 호흡을 이어 자신을 바라다보았다. 마치 자신이 자신이 아닌 것처럼 들여다보자 내면에서 갈등을 조장하는 두 가지 기운이 저절로 머릿속에 떠올랐다.

이윤은 화기를 눌러 하단전에 모으고, 선기를 올려 상단전에 모았다.

용은 상이요, 호는 하라는 용호결의 법문에 따른 것이었다. 그러자 끊임없이 충돌하던 두 기운이 급격히 분리되었고 요마사를 향해 뻗어나가던 검기의 수도 급격히 줄어들었다.

그 순간이었다.

"호호호호호! 네 무공이 가상하긴 하다만 그것이 전부라면 넌 오늘 죽는다."

검기의 수가 줄어들자 요마사의 요마음이 그 틈을 비

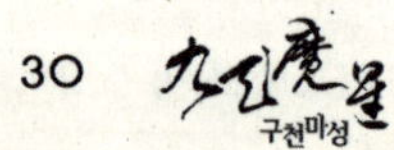

집고 들려왔고, 곧 요마사의 독문병기인 요마령의 방울들이 비수처럼 이윤의 전신요혈을 압박해 왔다.

그 때 이윤은 바로 화기를 가두고 상단전의 선기만을 뽑아 일백팔적연검법의 최후 초식을 전개했다.

스스스스슥!

끊이지 않는 용호결의 기운은 이윤에게 달려드는 방울들을 하나씩 격파하면서 그 수를 늘여 나갔다.

그리고 더 이상 줄어들지 않고 늘어만 갔다.

"허헛!"

파파파파팡!

"크윽!"

요마령의 방울들을 격파하며 수를 늘려가던 검기가 더 이상 격파할 방울이 없게 되자 바로 요마사를 향해 달려들었고 요마사는 검기에 그대로 적중되어 비틀거리며 물러났다.

"크음! 과연 그 사부에 그 제자로구나. 내가 너를 달리 보았다."

"무엇을 달리 보았단 말이오?"

"내 너를 업신여겨 혁세기의 제자임을 잊었다. 하지만 너도 천공을 이기진 못할 것이다."

“천공은 무엇을 원하는 것이오?”

이윤은 요마사의 말에 기가 막혔다. 요마사의 말은 혁세기의 제자이기 때문에 자신이 패했다는 말과 다름없었기 때문이었다.

“천공이 무엇을 원하냐고? 천공은 이미 인간이 아니다. 마신(魔神)이 무엇을 원하겠느냐?”

‘마신이라고? 그가 이미 인간의 경지를 벗어났단 말인가?’

“네 사매가 없었더라면 아마도 넌 벌써 저세상으로 갔을 것이다.”

이윤은 순간 말을 잃었다.

사실이 그랬지만 그 말을 직접 들으니 정홍연에게 미안한 마음이 물밀 듯이 밀려들었다.

원신을 얻고도 이 세상을 떠나기를 거부한 사매!

그 이유가 무엇이었겠는가?

바로 자신 때문에 그녀는 그녀가 배우고 추구하는 궁극의 길을 과감히 내던졌던 것이었다.

‘사매!’

부끄러움이 그리움이 되었다.

“날 이제 보내다오.”

요마사는 이미 회생이 불가능한 상태였다. 검기에 격중되며 마공과 상이한 용호결의 선기가 그녀의 내부를 휘젓고 돌아다니며 내공을 모두 흩어 버렸기 때문이었다.

순간 장내의 기운들이 모두 사라지며 두 사람의 모습이 드러났다.

도령을 비롯한 일행은 이윤의 무사한 모습이 드러나자 안도의 한숨을 내쉬었다.

"합하! 괜찮으시옵니까?"

"난 괜찮다. 네가 요마사의 목을 베어라. 그러면 아마도 검령이나 헌원 노야가 저승에서 조금은 더 서글플 것이다."

이윤의 말에 모두가 어리둥절한 표정이었지만 도령은 목례를 하고는 바로 요마사에게 달려들며 철혈마도를 휘둘렀다.

"네 이놈! 날 감히 저따위… 크악!"

요마사는 크게 자존심이 상해 이윤을 향해 고성을 지르다 그대로 목이 잘려 나갔다.

요마혼과 요마사선자는 황당한 상황에 어떤 행동도 하지 못하고 그 자리에 얼어붙었다.

“도발하지 않는다면 너희들까지 죽이진 않겠다. 시신을 가져가도 좋다. 자, 우리도 그만 떠나자.”

이윤은 낮은 목소리로 요마혼과 요마사선자에게 한마디 하고는 일행과 함께 천천히 장내를 벗어났다.

요마혼과 요마사선자는 이윤과 일행이 떠나고도 한참 동안 그 자리에서 움직이지 못했다.

3

“당주 손님이 찾아오셨습니다.”

“손님?”

일월신교의 외당 접객당 당주 손비추는 의아한 표정으로 보고를 하러 들어온 무사를 바라보았다.

손비추가 외당 접객당에서 일한 것이 벌써 십오 년을 넘기고 있었다.

말이 접객당이지 사실 찾아오는 사람은 없었다.

엄밀히 말하자면 오가는 사람들이 없는 것이 아니라 모든 것이 다 본교에서 전서구를 보내거나 아니면 접객 사자를 내보내 처리했으니 예정에 없는 손님이란 없다고 봐야 했다.

구천마성

“본교에서 연락 온 것은 없고?”

“예. 없습니다.”

“근데 본교에 들어가겠다고 찾아왔단 말이지?”

“예. 그렇습니다.”

“흠!”

손비추는 손으로 턱을 매만지며 생각에 잠겼다.

“어떤 인물들이냐?”

“모두 다섯으로 모두 이십 대로 보였습니다. 사내놈이 셋이고 여인이 둘입니다. 모두 병장기를 소유하고 있었습니다.”

“흠! 여기가 본교의 접객당인 것도 비밀인데 그걸 알고 찾아왔다? 근데 본교에서는 내려온 지령이 없고… 일단 방명록에 이름을 적게 하고 객방에 묶어 두어라. 그동안 본교에 연통을 넣어 소식을 기다리도록 한다. 이상!”

“예. 당주!”

손비추는 일단 찾아온 손님을 천천히 살펴보며 본교의 지령을 기다리기로 했다. 만약 본교의 손님이 아니라면 찾아온 자들은 이곳에서 명을 다해야 한다는 것이 그의 확고한 신념이었다.

"그럼 어디 어떤 놈들인가 알아나 볼까?"

지시를 마친 손비추는 찾아온 자들을 직접 살펴보기 위해 천천히 밖으로 나섰다.

산막의 유일한 객잔인 산막객잔은 손님이 많다.

이곳이 바로 운남과 중원의 교역 중심지이기도 했고 또 다른 이유는 바로 마교라 불리는 일월신교로 향하기 위해서는 필수적으로 거쳐야 하는 곳이었기 때문이다.

일월신교의 본산의 위치는 비밀에 쌓여 있었다. 물론 정도맹의 핵심 인물들이나 무림의 고위인사들은 그 위치를 알고는 있었지만 그렇다고 해서 확실히 어디다라고 말하지는 못했다.

십만대산이라는 수많은 산봉우리들이 즐비한 어딘가에 일월신교가 위치해 있어 안내를 받지 않고서는 쉽사리 드나들 수 없는 곳이 바로 그곳이었다.

영광스럽게도 본교를 방문할 수 있는 기회를 얻은 일반신도들은 모두 안내를 받아 한날한시에 드나들었고, 초대받은 손님들은 본교에서 사자가 미리 나와 안내를 맡았다.

그것도 아닌데 신교에 찾아든 사람이라면 적이거나

적이 아니라도 우호적이진 않은 자일 가능성이 아주 컸다.

그렇기에 손비추가 바로 본교에 연통을 넣고 찾아들어온 자들을 살피고 있는 것이었다.

'허! 굉장한 미인이로군.'

일행을 살피던 손비추는 내심 탄성을 자아냈다. 죽립을 벗은 두 여인의 이목구비가 한눈에 들어왔는데 그 미모가 대단했기 때문이었다.

'한 놈은 외눈이고, 다른 두 놈은 평범해 보이는군. 외눈이라……'

방명록에 이름을 적고 객방으로 들어가는 자들을 확인한 손비추는 천천히 몸을 일으켜 방금 작성해 먹물도 마르지 않은 방명록을 받아 천천히 살펴보았다.

이윤(李允).

옥산화(玉散花).

서지명(徐知明).

엄기문(嚴奇聞).

금인화(錦仁花).

"이윤이라… 가장 먼저 이름을 적은 것으로 보아 이 자가 일행의 수장인 모양이군. 어디보자. 옥산화, 서지명, 엄기문… 엄기문?"

"산동검귀와 이름이 같습니다."

"그렇군. 이자는 산동검귀일 가능성이 크군. 어쩐지 이상하다 했어. 나머지 이름은 모두 낯설군."

"금가장의 무남독녀의 이름이 금인화입니다. 당주!"

"그래? 무림오화 중 하나라는 그 금인화?"

"예. 그렇습니다."

"어쩐지 미모가 예사롭지 않다 했어. 하나는 산동검귀고 하나는 무림오화 중 하나인 금인화가 확실한 것 같은데 나머진 통 모르는 이름이군. 일단 이 둘의 신상을 확인한 것으로 하고 보고를 하게. 접객사자가 나올 때까지 주의 깊게 살피도록 하고."

"예. 당주!"

손비추의 기다림은 그리 오래가지 않았다. 전서를 보낸 지 하루 만에 바로 긴급지령이 내려왔던 것이다.

내용은 절대 보내지 말고 꼭 붙잡아 두라는 내용이었다.

손비추는 당연히 이윤을 비롯한 다섯 명을 지하 밀실

에 들어가게 한 후 문을 잠갔다.

그나마 묶지 않은 것은 금인화가 공녀의 손님일 가능성에 무게를 두었기 때문이었다.

"벌써 이틀째입니다. 저희야 그렇다 하더라도 감히 합하께 이럴 수는 없습니다."

지하 밀실에서 분개한 여인의 목소리가 터져 나왔다.

금인화였다.

"그렇다고 황녀의 수하들에게 손을 쓸 수야… 조금만 참아 보자."

도령은 차분한 목소리로 금인화를 달래면서도 혀를 찼다. 처음에 이곳에 왔을 때부터 뭔가 좀 문제가 있다 싶었는데 이곳의 일월신교 제자들이 일행을 적으로 생각하고 있는 것 같았다.

사실 객이 주인을 다치게 할 수 없어 순순히 시키는 대로 응한 것이었는데 어이없게도 일월신교의 당주라는 자가 심지어 일행을 지하 밀실에 가두었던 것이다.

그렇게 벌써 이틀이 지났는데도 이윤은 아무 말 없이 가부좌를 틀고 앉은 채 말이 없었으니 금인화가 이윤이 들으라고 큰 소리를 내지 않을 수 없었다.

금인화는 사실 구천마성의 위계나 무공에 대해 직접 경험한 것이 많지 않았다.

진하의 용호무관에 있을 때는 심지어 소마황이라는 이윤의 무공을 의심하기도 했었다. 하지만 이윤이 구마사 중 하나인 요마사를 제압하고 도령이 그 목을 치는 것을 본 이후로는 크게 달라졌다.

하지만 그렇다고 해서 서지명이나 엄기문처럼 절대적인 충성심이 생긴 것은 아니었다.

그녀가 비록 아비인 금천기로 인해 구천마성의 외성의 일원임을 받아들이기는 했지만 살아오면서 항상 그것에 대해 불만이 많았었다.

그러던 중 구천마성이 붕괴되고 구중천이 중원의 곳곳에 자리를 잡자 드디어 금가장이 구천마성으로부터 독립할 절호의 기회가 왔다고 생각해 아버지를 설득했다.

하지만 아버지인 금천기는 요지부동이었고, 심지어 그녀의 생각을 철모르는 어린아이가 보채는 것으로 치부해 버렸다.

그럴 수밖에 없는 것이 이미 구천마성에 수도 없이 발걸음을 하며 성내의 절대고수들을 접해 온 그로서는 당연한 선택일 수밖에 없었다.

하지만 금인화는 그런 경험이 없으니 무공이 강해 봐야 얼마나 강하겠냐는 생각이었고 또 실전 경험이 거의 전무하다시피 했으니 요마사와 이윤의 결전을 보고도 그저 대단하다는 정도로밖에 생각할 수가 없었다.

'저렇게 우유부단한 사람이 어떻게 마황이 되었을까?'

아무리 봐도 이윤의 얼굴은 평범한 수준이었다. 무림오화의 일원으로 수많은 젊은 후기지수들을 만나 봤으니 그녀의 눈이 높은 것도 한몫했다.

'요마사를 꺾은 것으로 봐서는 무공이 대단하긴 한가 본데 뭐 보인 게 있어야 말이지… 어쩌면 다 늙어 힘이 빠진 노파라 도령 언니의 철혈마도에 죽게 된 것인지도 모르지.'

금인화가 온갖 추측으로 불만을 고조시키고 있을 때 이윤이 입을 열었다.

"불편한 모양이로구나."

"불편하고 말고요. 공기도 통하지 않는 데다가 더워 땀 냄새가 진동을 하는데요?"

"금, 금 소저!"

금인화가 이윤의 말에 바로 대들듯 대꾸를 하자 당황

한 서지명이 금인화를 제지했다. 하지만 금인화는 아랑곳 하지 않고 계속 입을 열었다.

"공녀가 제자라는 말씀만 하시면 될 것을 왜 사서 고생을 하시는지 모르겠어요."

"그도 그렇다. 내가 생각이 짧았구나. 사람이 오면 그때 말을 해 보도록 하자."

이윤은 의외로 선선히 자신의 잘못이라고 시인하며 금인화를 달랬다. 사실 이윤이 독고영경의 사부라고 말해 봐야 달라질 것은 없었을 것이다. 소마황 이윤이 공녀의 정인이라는 소문은 있어도 제자라는 것을 아는 사람은 거의 없었고, 더구나 이윤이 살아 있다는 것을 아는 사람도 많지 않았기 때문이었다.

그럼에도 이윤이 이유를 대지 않고 금인화를 달랬지만 그것은 금인화의 불편한 심기를 더 자극했다.

'어째 사람이 저리 우유부단할까? 아마 어쩌다 마황의 유진을 얻어 제자가 된 게 분명해.'

그렇게 금인화가 불만을 키우는 동안 다시 하루가 더 지났고 신교에서 마침내 사람이 나왔다.

신교에서 나온 사람은 다름 아닌 참마 막중립이었다.

막중립은 객잔에 들어오자마자 손비추의 인사를 거들

떠보지도 않은 채 말했다.

"그래, 어디에 계시느냐?"

"예. 지하 밀실에 감금해 두었습니다."

"뭐라고? 감금해? 누구를?"

"예? 아! 예, 산동검귀와 금가장의 금인화를 비롯한 일당을 다른 곳으로 가지 못하게 지하 밀실에… 컥!"

손비추가 상황을 설명하다가 막중립의 일권에 얼굴을 맞고 그대로 나가떨어졌다.

"네 이놈! 그분이 누구신지 아느냐? 감히 누굴 지금 감금했다는 말이냐? 어서, 어서 모시지 못할까? 아니다. 내가 가마. 어디에 계시느냐?"

손비추는 영문도 모른 채 부들부들 떨며 부어오르는 얼굴을 감싸 쥔 채 부리나케 지하 밀실로 막중립을 안내했다.

덜커덩!

요란한 소음과 함께 문이 열리자 막중립이 안으로 황급히 들어가 안에 있는 사람들을 살폈다.

갑자기 열린 문밖에서 사람이 뛰어들자 안에 있던 이윤 일행의 시선이 일제히 막중립에게로 향했다.

"으음! 참마……."

무림에 대해 박식한 금인화는 참마라 불리는 막중립을 한눈에 알아보고는 침음을 흘렸다.

무림에서, 그것도 이름난 명숙의 별호를 함부로 입에 담는 것은 자칫하면 죽음으로 이어질 수 있는 것이었으니 금인화는 자신의 실언에 심장이 멎는 듯했다. 하지만 막중립은 전혀 개의치 않고는 이윤을 발견하고는 황급히 고개를 숙였다.

"오! 이런 일이! 막모가 합하를 뵈오. 신교가 큰 죄를 지었습니다."

"하하하! 막노사를 다시 뵈어 정말 반갑습니다. 죄라니요? 당치도 않습니다."

"공녀께서 폐관에 든지라 직접 나오지 못하셨습니다. 제가 모시겠습니다."

"영경이가 마음의 상처가 컸던 모양이군요. 다 부족한 나의 잘못입니다."

"……."

이윤의 말에 막중립은 아무 말없이 눈시울을 붉혔다. 참마라 불리며 피도 눈물도 없다고 소문이 난 노인의 눈에 맺히는 눈물이 어떤 의미인지 이윤은 잘 알고 있었다.

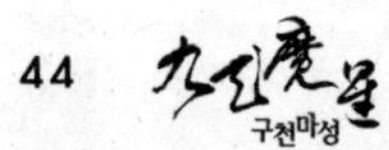

“영경이를 걱정해 주시는 분이 많으니 아마도 큰 성취를 얻을 것이오.”

“감읍할 따름입니다. 본교에서 교주께서 합하를 뵙기를 고대하고 계십니다. 이제부터 제가 편안하게 모시겠습니다.”

막중립은 곧 평안한 표정을 되찾고는 이윤과 일행을 밖으로 안내했다.

밖에는 팔두마차 두 대가 이윤과 일행을 기다리고 있었고 마차에 오른 일행은 일월신교를 향해 출발했다.

* * *

천산은 북쪽의 가장 높은 봉우리를 말하는 것이지만 그 산이 길게 남으로 뻗어 내려 하나의 산맥으로 이어져 이 모두를 천산이라고 부르는 사람들도 있었다. 그 남단에는 깎아지르는 듯한 봉우리들이 마치 군락을 이루듯 모여 험한 산세를 이루었는데, 그 봉우리들이 둘러싼 중앙에는 넓은 평야가 자리하고 있었다. 하지만 이 평야에까지 이르려면 너무 험한 길을 가야하고 또 길만 안다고 갈 수 있는 곳이 아니었다.

왜냐하면 그곳은 바로 일월신교의 본산으로 수많은 장애물이 놓여져 있었기 때문이었다. 봉우리들이 얼마나 많은지 십만 개는 될 거라 하여 십만대산이라고 부르는 곳으로 십만대산이라고 하면 의례적으로 정파에서는 마교를 떠올렸고 사파에서는 일월신교를 떠올렸다.

일월신교의 광장에 수많은 사람들이 운집해 있었다. 모두가 교도들이자 무인들로 귀빈을 환영하기 위해 모인 사람들이었다.

그 귀빈은 다름 아닌 이윤이었다. 비록 구천마성의 마황임을 밝히진 않았지만 일월신교의 상징적 존재인 공녀의 사부를 맞는 자리라 거의 모든 교의 제자들이 동원된 것이었다.

족히 만 명은 넘어 보이는 사람들의 물결을 헤치고 삼남 이녀가 모습을 드러내자 환호성이 터져 나왔다.

함성이 터져 나왔고 모두가 공녀 사부의 얼굴을 한번이라도 볼 요량으로 목을 길게 늘였다.

"내 오늘에서야 신교의 명성을 보게 되는군요."

"아무렴 구천마성에 비하겠습니까마는 교도 모두가 공녀를 존애하기 때문입니다."

이윤이 웃으며 말하자 막중립은 겸손히 답했다. 일행

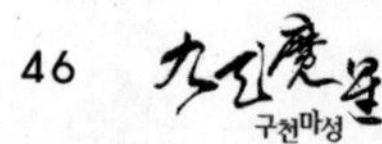

은 모두가 놀라고 있었다. 일월신교에서의 공녀의 존재
감이 새삼스럽게 크게 느껴졌던 것이다. 더구나 환영 나
온 사람들의 눈에는 어디에서도 볼 수 없는 믿음과 복종
의 마음이 자발적으로 묻어 나오고 있었기 때문이다.

"참으로 오랜만에 뵈오."

마중 나온 사람은 다름 아닌 일월마성 독고환소였다.

"교주께서 몸소 환영해 주시니 광영입니다."

독고환소는 이윤을 직접 안내하며 일월신교의 주요
인사들을 일일이 소개했다.

그렇게 이틀이 지나자 비로소 조금은 한가한 시간이
생겼다.

이윤이 만나려는 독고영경이 폐관에 들어가 있었으니
기다릴 수밖에 없었던 것이다.

이윤은 조급해지려는 마음을 다스리며 엄기문과 서지
명, 그리고 도령에게 가르침을 내렸다.

도령은 물론이요, 엄기문과 서지명은 무예수련에 심
혈을 기울였다. 물론 가르침이라는 것이 정홍연이 청조
각에서 가르치듯 선문답식이어서 바로 깨우치기는 어려
움이 있었지만 세 사람은 하나라도 이윤의 말을 놓치지
않으려고 정신을 집중해 듣고 물었다.

　엄기문과 서지명은 당대의 마황에게 직접 가르침을 받는다는 것에 감읍하여 더더욱 열심이었다.

　하지만 금인화는 달랐다. 무공도 일행 중 가장 낮았지만 마음으로 가르침을 받을 준비가 되어 있지 않았으니 이윤의 선문답식 가르침이 마땅할 리 없었다.

　'쉽게 풀어 가르치면 될 것을 왜 저리 어렵게 말한단 말인가? 마교 사람들도 그렇고 교주도 그렇지 뭘 보고 그리 굽실거리는지……'

　금인화의 마음속에 끊임없이 불만이 쌓이길 일주야가 지나자 일월마성 독고환소가 은밀히 이윤을 청했다.

　"경아가 저리 폐관에 들어 있어 오래 기다리시니 참으로 송구합니다."

　"아닙니다. 제가 사부로서 영경이에게 해준 것이 없으니 오히려 교주 뵙기가 민망하군요."

　서로 한마디씩을 주고받은 두 사람은 아무 말 없이 차를 마셨다. 한참을 그렇게 어색한 침묵이 흐르고 나서야 독고환소가 어렵게 말을 꺼냈다.

　"지금 무림의 정세가 본교에 아주 불리하게 돌아가고 있습니다. 장강 이남으로는 도천이 저희를 압박하고 있고, 장강 이북으로는 검성이 본교의 지부들을 모두 접수해 거의 고립된 상태이지요. 그나마 본교에 직접 손을 쓰지 못하는 것은 모두가 세 분의 덕분입니다."

독고환소의 말에 이윤의 얼굴에 의아함이 서렸다. 정홍연이 버티고 있기에 도천과 검성이 함부로 무림을 어쩌지 못하고 있음은 알고 있는 사실이었다.

그리고 얼마 전 자신이 요마사를 제거했으니 그 소식을 모를 리 없는 독고환소였다.

그럼 다른 한 사람은 누구란 말인가?

그 때 독고환소가 바로 입을 열며 이윤의 궁금증을 풀어 주었다.

"검성의 주력이라 할 수 있는 철검대가 영경이의 둘째 사고이신 벽력사태께 거의 괴멸되었으니 아마도 검성은 당분간 세를 넓히기보다는 자중할 것이 분명합니다. 문제는 도천이지요."

그제야 이윤은 독고환소가 거론한 세 명이란 정홍연과 공명, 그리고 자신을 말하는 것임을 알았다.

'공명이 또 마음 아파할 일을 했구나, 내 짐을 모두 대신 지우니 나는 정말 자격이 없는 장문이로다.'

이윤은 마음속으로 한탄을 쏟아 냈다. 이윤의 속마음을 모르는 독고환소는 계속 말을 이었다.

"당분간은 정파나 우리 신교도 잠시 숨을 돌리게 되었지만 앞일이 걱정입니다. 앞으로 어찌 움직이실지 여쭙고자 청하였습니다."

독고환소는 마침내 본론을 꺼내들었다.

독고환소의 말에 이윤은 담담하게 입을 열었다.

"사매들이 있으니 당분간 나머지 구중천은 쉽게 움직이지 못할 것입니다. 저는 영경이를 만나고 나서 죽림에 들릴까 합니다."

"죽림이라면 이곳에서 멀지 않지요. 저도 몇 번 오간 적이 있습니다. 그곳에는 어찌?"

일월신교에서 죽림이 위치한 운남은 그리 먼 곳이 아니었다. 더구나 예전에 구천마황 혁세기의 유진이 있다는 소문이 떠돌면서 일월마성 독고환소도 몇 번 죽림에 갔다가 아무 소득 없이 돌아온 적이 있었기에 하는 말이었다.

"아시다시피 제가 성에서 나온 후로 아직까지 사부의 유진이 남겨진 곳을 가보지 못했습니다. 이곳에 온 김에 그동안 영경이에게 소홀했던지라 작은 가르침이라도 나누고 그곳에 들러볼까 합니다. 그리고 검마사나 도마사에 대해서는 너무 걱정하지 마십시오. 저나 사매들은 결코 제자들의 사가를 외면하지 않을 것입니다.”

이윤의 말이 끝나자 독고환소의 얼굴이 한결 밝아졌다.

제자들의 사가를 외면하지 않겠다는 것은 일월신교나 소림사, 그리고 청조각과 양가를 꼭 지키겠다는 약속이나 다름없기 때문이었다.

당대 최고수라 할 수 있는 은발연화와 검성의 철검대 칠백을 거의 괴멸시킨 벽력사태, 그리고 요마사를 제거한 마황이라면 충분한 그늘이 될 수 있을 거라 여긴 것이었다.

더구나 딸에게 가르침을 나눈다 하는 말은 독고환소가 생각하기에 비전을 전해 주겠다는 말로 들렸던 것이다.

“본래는 영경이가 들어 있는 천마동은 본교의 후계자 외에는 들어갈 수 없는 곳입니다. 하지만 하실 일도 많고 바쁘실 것이니 내일쯤 천마동에 드시어 영경이를 만나시지요. 신교 공녀의 사부님이시니 외인이라 할 것도 없지요.”

독고환소는 바로 이윤을 신교의 일원으로 만들고는 이윤의 답을 기다렸다.

“그리 배려해 주시니 감사드립니다. 교주!”

이윤은 거절하지 않았다.

갈 길이 먼데 독고영경이 언제 폐관을 끝내고 나올지도 몰랐고, 그렇다고 여기까지 와서 한 번도 제대로 사부 노릇을 못한 채 죽림으로 갈 수도 없었기 때문이다.

그렇게 천마동에 들어가기로 한 이윤은 다음 날이 되자 동행한 도령과 엄기문, 서지명, 그리고 금인화를 모두 불렀다.

“교주의 허락을 받아 천마동에 들어가 영경이를 만나기로 했다.”

이윤이 말을 꺼내자 가장 놀란 것은 다름 아닌 금인화였다.

천마비동이 어떤 곳인가?

정, 사, 마를 통틀어 가장 오래되고 신비에 쌓인 곳으로 일월신교의 조사인 천마의 무공이 고스란히 남긴 곳이라고 들었다.

더구나 교주와 차기 교주가 아니고서는 누구도 들어갈 수 없는 곳이라는 것은 무림에 발 담고 있는 사람이라면 누구나 알고 있는 사실이었다.

그런데 그런 천마비동에 외인이 들어가는 것을 허락

하다니?

"설마 교주가 합하께서 천마비동에 드는 것을 허락했다는 말입니까?"

금인화가 놀라 말하자 엄기문이 별일 아니라는 듯 말을 받았다.

"합하께 천마비동이 무슨 의미가 있으시겠습니까? 아마 천마가 살아 있다 하더라도 합하의 아래일 것입니다."

"말을 삼가라. 우리는 이곳의 객이다. 합하! 어인 연유로 천마비동에 드시려고 하시는지요?"

엄기문의 말에 주의를 준 도령이 이윤의 얼굴을 바라보며 물었다.

"별 뜻이 있는 것은 아니다. 할 일은 많은데 영경이가 저리 폐관에 들어 있어 내가 청한 것이다. 천마비동이 어떤 곳인지 잘 알지 못하니 들어가면 시간이 얼마나 걸릴지 모른다. 그러니 내가 들어간 후 보름이 지나도 나오지 않으면 모두 무한으로 가거라. 거기서 공명을 만나 함께 지내도록 해라."

이윤의 말이 워낙 완곡해 보이는지라 아무도 더 입을 열지 못했지만 이번에도 금인화는 달랐다.

"그리하시면 저는 저희 본가로 돌아가도 될런지요."

"물론이다. 하지만 위험이 닥치게 되면 바로 두 사매에게 의지해야 한다."

"걱정하지 마십시오. 금가장은 안전한 곳입니다."

금인화는 이윤의 걱정을 금가장에 대한 무시로 받아들였다.

"상대는 지금 천하를 지배하고 있는 검성과 도천이 아니다. 그들을 지배하고 있는 자가 있으니 지금 그자를 상대할 수 있는 사람은 두 사매밖에는 없다. 명심하여 목숨을 보존해야 한다."

금인화가 이번에도 입술을 달싹거렸지만 도령이 먼저 말했다.

"저희 걱정은 하지 마십시오. 합하! 합하께서 홀로 죽림에 가신다 하니 그것이 걱정이옵니다."

"죽림은 이미 적들의 관심에서 벗어난 곳이다. 이미 일월신교에서 상세히 주변 상황을 알고 있으니 걱정할 것이 없다. 내 죽림을 살펴본 후 무한으로 갈 것이니 그때 만나자."

이윤은 도령의 걱정을 뒤로하고 바로 몸을 일으켰다.

엄기문과 서지명, 그리고 금인화와 도령을 한 번씩 일

별한 이윤은 곧 문을 나섰고 모두가 뒤를 따랐다.

4

　무림사에 가장 신비한 무공이라면 단연코 누구나 구천마황 혁세기의 천지일기공을 꼽을 것이다.

　누구나 알 수 있지만 아무도 익힐 수 없는 무공이 바로 천지일기공이다. 수많은 기라성 같은 고수들이 혁세기에게서 천지일기공을 배워 그를 능가하려 했지만 누구도 천지일기공을 익힐 수 없었다. 그 이유는 천지일기공이 다른 어떤 기운과도 융화되지 않는다는 데 있었다.

　무공에서 천지일기공이 비교적 짧은 세월에도 불구하고 가장 신비한 무공이자 가장 강력한 무공으로 자리매김했다면 무림에서 가장 신비한 곳으로 꼽히는 곳은 바로 일월신교의 천마비동일 것이다.

　누구나 알고 있지만 가보지 못한 곳, 천 년 전의 절대자였던 천마의 유산이 모두 남겨져 있는 곳이 바로 천마비동이다.

　일월신교에서도 조사동인 천마비동에는 다음 교주가 아니고서는 발을 들일 수 없는 곳이 바로 천마비동이다.

그리고 한 번 발을 들인 후는 교주라 할지라도 다시는 천마비동에 들 수 없는 것이 바로 율법이기도 했다.

그런 전통과 엄격한 율법이 적용되는 천마비동에 교주 위를 계승하지도 않을 공녀인 독고영경이 든 것만 해도 파격이었지만, 이윤에게까지 허락한 것은 신교 역사상 전례가 없는 파격 중의 파격이라고 봐야 했다.

그것은 일월마성 독고환소의 뼈를 깎는 고육지책이었다.

최근의 일월신교는 천마조사 이후 최대의 위기에 직면해 있었다. 구천마황 혁세기가 살아 있을 때는 그나마 나은 지경이라고 봐야 할 정도로 교세가 축소되었고, 남도천이나 북검회가 한 번만 전면 공격을 해와도 버틸 여력이 없는 지경이었다.

그런 상황에서 한동안 적연문에 들어가 은발연화로부터 사사받고 돌아온 독고영경과 이제 막 살아 돌아와 구마사 중 하나인 요마사를 처단한 소마황 이윤이야말로 하늘에서 내려온 동아줄이 아닐 수가 없었다.

은발연화와 함께 남해 청조각에 머물다 돌아온 독고영경의 무공은 놀랍게 발전해 어느새 교주인 자신과 비슷한 지경에 이르렀으니 독고환소는 놀라지 않을 수 없없고, 그런 독고영경에게 조사의 무학을 이어받게 해 신교를 지키자는 것이 그의 생각이었던 것이다.

그렇게 독고영경이 천마비동에 들어갔고, 거기에 소마황 이윤의 안목까지 더해진다면 천마비동에서 역대의 교주들이 얻지 못한 무언가를 얻을 수 있을지도 모른다는 것이 바로 독고환소의 생각이었고, 그로 인해 개교 이후 전례가 없는 파격을 감행했던 것이었다.

내심 그런 것을 짐작하는 이윤으로서는 부담스러운 일이긴 했지만 그렇다고 언제 나올지 모르는 독고영경을 마냥 기다릴 수도 없었고, 또 여기까지 와서 그냥 가기에는 사부로서 제자인 독고영경에게 너무나 무심했었기에 순순히 독고환소의 제안을 받아들였던 것이다.

"아주 옛날에 지어졌다고 들었는데 정말 대단하구나!"

이윤은 끊임없이 아래로 향하는 돌계단을 한 발 한 발 내딛으며 혼잣말로 중얼거렸다.

시간이 얼마나 지났는지도 몰랐고, 얼마나 걸었는지도 모르는데 그럼에도 불구하고 좁은 통로를 따라 이어지는 계단은 그 끝이 보이지 않았던 것이다.

그러나 반나절 정도를 더 내려가보니 끝나지 않을 것

같던 계단의 끝이 드러나고 정교한 악마상이 조각된 청동문이 이윤의 앞길을 가로막았다.

"구천마성과 별로 다르지 않군."

이윤은 천천히 품속에서 독고환소가 준 패를 꺼내 악마상의 입속에 넣으며 중얼거렸다.

구천마성에 입성할 당시 묵죽을 구멍에 집어넣었던 기억이 되살아났던 것이다.

패를 악마가 집어삼키자 청동문이 마치 갈라지듯이 열리며 환한 불빛이 새어 나왔다.

"허! 대단하구나!"

불빛 속의 실내를 들여다본 이윤은 감탄사를 쏟아 냈다.

그럴 수밖에 없었던 것이 청동문의 크기에 비해 실내가 어마어마하게 컸기 때문이었다.

거대한 광장!

그리고 광장을 둘러싼 벽면으로는 모두 정교한 벽화로 장식되어 있었는데 모두가 조사인 천마의 모습이었다.

이윤은 한 걸음 한 걸음 조심스럽게 발길을 옮기며 벽화를 하나하나 유심히 살폈다.

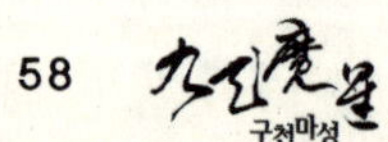

그 때였다.

"모두 본 교의 천마조사의 무공을 상징하는 벽화이옵니다."

목소리의 주인공은 바로 독고영경이었다.

비동에서 수련을 하던 독고영경이 용호결의 선기를 느끼고는 사부인 이윤이 왔음을 직감하고 자리를 박차고 일어났던 것이다.

"그렇구나. 마치 살아 있는 사람이 움직이는 것 같구나."

"벽화는 모두 조사께서 최후에 얻은 한 가지씩의 무공을 상징하는 것이온데 아직까지 그 무공을 얻은 자가 없습니다."

독고영경은 다소곳한 목소리로 벽화에 얽힌 이야기를 이윤에게 들려주었다.

"그럼 이 벽화 속에 신교의 무학이 숨어 있단 말이냐?"

"그렇다고 전해지오나 아마도 그것은 조사의 무공을 흠모하는 자들이 만들어 낸 이야기인 것 같습니다. 그러니까 아직까지 아무도 얻은 자가 없지 않겠습니까?"

"하하하하! 그럴 수도 있겠구나, 하지만 내 이 벽화를 보니 한 가지 의문이 드는구나.”

이윤이 갑자기 벽화에 의문이 든다고 하자 독고영경은 무슨 말인가 싶어 귀를 열고 눈을 동그랗게 떴다.

“신교 조사이신 천마의 손이 모두 한 곳을 가리키고 있지 않느냐?”

이윤의 말에 독고영경은 벽면을 가득 메운 벽화 속 천마의 손을 쫓아 시선을 옮겼다.

과연 그랬다.

천마신검도, 섭선도, 손가락도 모두 비동의 천장을 가리키고 있었던 것이다.

“정말 그렇군요. 그걸 어찌 지금까지 몰랐을까요.”

독고영경은 이윤의 말을 확인하고는 크게 놀랐다.

“내 이곳에 온 보람이 있겠구나. 아마도 내 생각에 신교 조사의 심득이 천장의 어딘가에 묻혀 있는 것 같다. 그것이 무공인지 아닌지는 모르겠으나 조사의 유지가 담겨 있을 것이니 함께 찾아보자꾸나.”

이윤은 말을 마치자마자 바로 허공으로 솟구쳐 올라 비동의 천장으로 날아갔다. 그 뒤를 독고영경이 온 힘을 다해 날아올랐다.

천장은 위로 갈수록 폭이 좁아져 나중에는 거의 사람

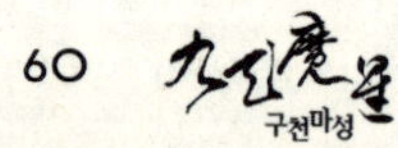

몸 하나 들어갈 정도의 공간으로 막혀 있었는데 이윤은 그곳에 도착하자 바로 용호결의 호흡을 길게 들이마시며 천장을 살폈다.

그러자 잘 다듬어진 돌에 아주 작게 새겨진 글귀들이 눈에 들어왔다.

그것은 마치 황산의 환수동에서 본 구슬에 새겨진 글씨와 같아 쉽게 알아볼 수 있는 것이 아니었다. 그러니 독고영경은 간신히 벽면에 몸을 붙인 채 여기저기를 살피기만 하고 있었다.

이윤은 그 글귀들을 천천히 모두 읽어 머릿속에 넣고는 천천히 아래로 날아내렸다.

독고영경이 실망한 표정으로 내려와 무릎을 꿇자 이윤은 활짝 웃으며 말했다.

"확실히 신교의 조사께서 후인에게 남긴 것이 있구나. 내 그것을 너에게 알려 주기 전에 먼저 절을 받고자 한다."

"사부님!"

독고영경의 목소리가 가늘게 떨렸다.

어찌 보면 그녀에게 지난 세월들은 스스로가 어쩌지 못하는 파란의 연속이나 다름없었다.

신교를 살리고자 소마황과 정혼을 해야겠다는 어린 마음으로 시작해 이윤의 제자가 되었고, 그 이후 단 한 번도 사부에게 가르침을 받아 본 적도 없었으며 심지어 배사지례조차 올리지 못한 채 지금까지 지내 왔던 것이다.

물론 한동안 지금은 천하제일고수로 여겨지는 사고은발연화 정홍연에게 사문의 무공을 배우긴 했지만 늘 소림의 무오나 양현성이 부러웠었다.

그러다 심각한 부상을 입은 채 남궁화련의 죽음을 목도했으니 신교로 돌아온 독고영경은 이윤이 밉기까지 했었다.

그러나 지금 이 자리에서 이윤이 절을 받겠다고 하니 그동안의 섭섭했던 마음이 눈 녹듯 사라지면 가슴이 아려 왔다.

그녀는 다소곳이 두 손을 이마로 들어 올리고는 천천히 구배를 올렸다.

이윤은 미소를 지으며 구배를 올리는 독고영경을 바라보았다.

처음에 일월신교의 교주 독고환소가 정략적으로 독고영경을 떠안기다시피 보냈다는 말을 들었을 때, 그 또한 정략적인 입장에서 그녀를 받아들이기로 했었다.

그 당시 어린 소녀였던 독고영경은 이제 성숙한 여인의 향취를 물씬 풍기는 나이가 되었고, 이제 와서야 그녀로부터 배사지례를 받는 것이었다.

미안한 마음을 지울 수 없었고 그래서 더욱 독고영경이 지금 기특해 보였다.

"본문은 너도 알다시피 적연문이라 한다. 본문의 제자는 반드시 세 가지를 지켜야 한다."

"입문삼약을 말씀하시는 것이옵니까? 그것이라면 제자 이미 어린 사형께 귀에 딱지가 앉도록 들었습니다."

"하하하하! 그러했느냐? 그렇다면 내 오늘 이 자리에서 네 목소리로 그걸 듣고 싶구나?"

독고영경이 무한의 본문과 남해 청조각에서 지낸 시절이 적지 않으니 입문삼약에 대해 모를 리가 없었다.

그럼에도 불구하고 이윤은 그녀에게 완곡히 물었다.

"첫째는 사문을 향해 검을 거꾸로 들지 말 것이며, 둘째는 부모형제를 향해 검을 겨누지 말 것이며, 셋째는 자신의 목숨을 항상 소중히 지키는 것이옵니다."

"오냐! 정말 잘 알고 있구나. 네가 그리도 문율을 잘 알고 있으니 한결 마음이 편안하구나."

독고영경은 이윤이 고작 세 가지 문율을 아는 것에 크게 기뻐하자 마음이 더욱 따뜻해졌다.

"감읍하옵니다. 사부님! 그런데 사형은 은자도 받기로 했다고 하던데 저는 아니옵니까?"

"하하하하! 건아가 그러더냐? 그래, 건아는 어떻게 지내느냐?"

독고영경이 이건이 말한 은자 이야기를 들먹이자 이윤은 내심 이건의 안위가 걱정되었다.

"사형의 한 호흡이 이미 달포를 넘었다고 합니다. 청조각에서는 큰 사고께서 거의 품에 끼고 지내셨습니다."

"그랬구나. 그랬어. 너도 정진한다면 더 많은 것을 얻을 수 있을 것이다."

이윤은 사매인 정홍연의 생각이 다시 고개를 쳐들자 얼른 말꼬리를 돌렸다.

"제자 성심으로 노력하겠습니다."

이윤은 독고영경이 사형인 이건을 마음으로 아낀다는 것을 알 수 있었다. 자신이 돌보지 못한 사문의 일을 사매들이 돌보고 또 사형제 간의 정리가 남다른 듯하니 더 바랄 것이 없었다.

"본문은 오로지 용호결 하나에 의지한다. 비록 몇 가

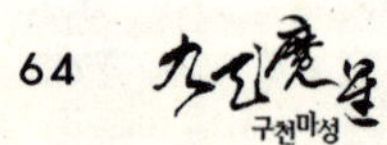

지 무공을 나와 공명이 손을 보아 만들었지만 그것이 어찌 용호결의 신묘함에 비하랴! 오직 법인 용호결에 의지하면 얻고자 하는 것을 얻을 것이다."

"예! 사부님."

"내 부족함으로 네게 지금까지 아무런 가르침을 주지 못해 아쉬웠는데 다행히도 신교의 조사께서 배려하시어 오늘 아홉 가지 검법을 전해 주셨으니 그걸 네게 전하려 한다."

이윤의 말에 독고영경은 놀라 입을 다물지 못했다. 분명 천마비동의 천장에서 자신은 아무것도 발견하지 못했는데 사부인 이윤이 아홉 가지 검법을 전한다고 하자 놀라지 않을 수 없었던 것이다.

"구검이옵니까?"

"그렇다. 애석하게도 검공의 이름은 알 수 없으니 그 또한 네 스스로 정하여 쓰라는 네 조사의 배려일터, 오늘부터 그것을 전할 것이다."

"감읍하옵니다. 사부님!"

이윤은 그날부터 자신이 천장에서 얻은 아홉 가지 검식의 구결을 전하기 시작했다.

이름이 붙여지지 않은 검식은 상승의 도리를 담고 있

어 범인이 쉽게 풀 수 있는 것이 아니었던 것이다.

구결을 풀어 주고 독고영경이 다시 묻는 과정이 반복되면서 시간은 쏜살같이 지나갔다.

그렇게 구검의 구결이 다 풀려 나가자 독고영경은 참오에 들어갔다. 이제는 스스로의 깨달음만이 남아 있었던 것이다.

참오에 든 독고영경을 바라보던 이윤은 몸을 일으키며 나직이 말했다.

"어려운 일이 닥치면 네 사고들에게 의지하여라. 나는 이제 할 일이 있어 먼저 떠나니 본문에서 다시 만날 것이다."

이윤이 남긴 말을 들었는지 듣지 못했는지 천마비동 안에는 정적만이 감돌았다.

2.

죽림지비(竹林之秘)

구천
마성

1

"어서 오십시오, 대공! 기다리고 있었습니다."

중원과 운남의 길목에 자리 잡은 사현이라는 마을을 벗어나는 지점에 다다르지 사두마차와 함께 여럿의 무인들이 모습을 드러내더니 이윤에게 다가서서 인사를 건넸다.

'교주가 보낸 모양이군.'

이윤은 한순간에 이들이 일월신교 교주 독고환소가 보낸 사람들임을 알아챘다.

"대공이라니요, 가당치 않습니다."

대공이라 부르는 것을 보면 자신의 신분을 그대로 가르쳐 주지는 않았음을 안 이윤이 말하자 일행의 수장인 것 같은 노인이 말했다.

"대공이라는 호칭이 그러시다면 그냥 공자라 칭해도 될는지요."

"그렇게 하지요. 교주께서는 무탈하신지요?"

벌써 일월신교를 떠난 지 두 달이 넘었으니 안부를 전하는 인사였다.

"강건하십니다. 저희가 명을 받아 뫼신지 석 달째입니다. 아마도 소식을 기다리고 계실 것입니다."

"내가 늦어 고생이 많으셨군요."

"어인 말씀을요? 다만 명을 받아 모시지 못할까 걱정하였는데 이렇게 공자를 뵈오니 저희에겐 필생의 광영이옵니다. 저는 신교의 삼군 중 지군이라 하옵니다. 앞으로는 지군이라 부르시면 됩니다."

일월신교의 체제는 역사만큼이나 복잡하여 수많은 교내의 직위가 있는데 그중 삼군은 교주 아래에서 실무를 맡아 보는 최상위의 직위다.

문을 맡는 문군과 무를 관장하는 무군, 그리고 정보와 전략을 관장하는 지군이 바로 삼군이니 일월마성 독고환

구천마성

소가 이윤에게 기울이는 배려는 최상이라 할 만했다.

물론 지군에게 이윤이 소마황임을 밝히지는 않았지만 교주가 직접 존칭을 써가며 임무를 지시하는 것으로 봐서 지군은 눈앞의 청년이 교주에 비해 예사롭지 않은 신분임을 직감하고 있었다.

'황족인가?'

지군은 혹시 이윤이 황족이 아닐까 생각하다가는 다시 고개를 숙이며 말했다.

"이곳에서 죽림까지는 대략 사나흘 거리입니다. 마차에 오르시지요. 저희가 모실 것입니다."

"사정이 있어 마차는 사양했으면 합니다. 교주의 은혜를 받지 못해 미안하군요."

이윤은 마차를 바라보다가 이내 고개를 저으며 말했다.

이런 일행을 거느리고 화려한 치장을 한 사두마차를 탄다면 적의 이목을 끌기 쉽다고 생각한 것이었다.

아니, 어쩌면 적은 이미 자신이 이곳에 당도했다는 것을 알지도 모른다. 그러나 그렇다고 하더라도 더 많은 적을 끌어들이는 것보다는 신중하게 처신하는 것이 문하 제자들이나 지인들에게 보다 안전할 것이라는 생각이 들었다.

"걸어가신다면 족히 열흘은 소요될 것입니다."

"그렇게 하지요. 운남이 처음이니 유람도 하면서요. 아! 그리고 인원이 너무 많은 것 같으니 두 분만 안내를 해주시면 어떻겠습니까?"

이윤의 말에 눈빛을 빛낸 지군은 바로 그 의미를 알아차렸다. 처음에 나올 때는 그저 교주의 중요한 귀빈의 유람을 안내하는 것으로 여겼는데 그런 것이 아니라는 것을 알아차린 것이었다.

'그렇다면 위험을 감수해야 할 일이 있을지도 모른다는 말인데… 음 그래서 교주께서 무영검수들을 인근에 주둔시킨 것이로구나.'

지군은 바로 상황을 알아차리고 이윤의 말을 그대로 받아들였다.

"그리하시지요. 그럼 저와 쌍마가 공자를 모시겠습니다."

그렇게 해서 이윤은 지군과 일월신교의 쌍마와 함께 죽림으로 행로를 잡았다.

함께한 세 사람은 모두 이미 육순을 넘어 보이는 나이였지만 어려서부터 구중천의 노물들에게 둘러싸여 살아

온 이윤인지라 그리 불편하게 느껴지지는 않았다.

　지군의 말대로 일정은 거의 열흘이 소요되었다. 하지만 해가 질 때마다 일월신교의 교도들의 집으로 보이는 곳에서 숙식을 편안하게 할 수 있어 비교적 편안한 여정이 이어졌다.

　또 적들의 동태도 전혀 느껴지지 않았기에 마음은 그렇지 않았지만 몸은 그저 유람 나온 것처럼 편안했다.

　그렇게 열흘을 지나고 죽림 인근에 도착하자 지군이 지형을 설명하기 시작했다.

　"이곳이 바로 죽림의 입구입니다. 아시는지 모르지만 한때는 모용세가에서 무사들을 파견하여 천라지망을 친 적도 있었고, 구천마성의 구중천의 천주들도 여럿이 다녀갔습니다."

　"지군께서는 사정을 잘 아시는군요."

　"제가 한동안 이곳을 맡게 되어 상세히 조사를 한 적이 있었습니다. 하지만 그때는 이미 모든 강호세력들이 이곳에서 철수한 후였습니다. 이곳에 마황의 유진이 더 남아 있을 것이라고들 여겼지만 지금은 누구나 아무것도 없음을 알지요."

　천천히 몸을 옮기면서 죽림이라는 이름에 걸맞게 대

나무의 군락들이 빽빽하게 늘어서 중천의 해를 가렸다.

"그렇다면 지금 이곳을 살피고 있는 사람들은 없습니까?"

"그렇다고 할 수 있습니다. 이십여 년 전 이곳에서 아수라묵죽검이 나온 이후로는 모두 철수했습니다. 단지 본교는 지형적으로 가까워 먼발치에서 드나드는 인사들을 감시하는 정도지요."

"그렇군요."

죽림에 들어서면서 이윤은 가슴이 떨려 왔다.

바로 이곳이 부모인 이문엽과 모용설란이 만나 사랑을 꽃피웠고 그 결과로 자신이 태어났으니 심경이 온전할 수가 없었던 것이다.

"그럼 아수라묵죽검이 나온 곳은 어디입니까? 진이 펼쳐져 있다는데 아직도 그렇습니까?"

잠시 숨을 고른 이윤은 다시 걸으며 지군에게 물었다.

"진은 이미 오래전에 모용세가에 의해 파진이 되었고 입구가 들어났습니다. 작은 석동인데 그 주변으로 몇 리 이내는 위로든 아래로든 이 잡듯이 뒤졌지만 아무것도 더 이상은 남아 있지 않았습니다."

"석동이라고요?"

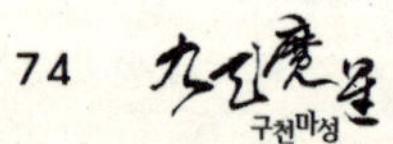

"작은 석실이라는 것이 맞을 겁니다. 저도 몇 차례 들어가 보았고, 교주는 물론이요, 아마 구중천의 천주들도 몇 번씩 들어가 보았을 것입니다. 볼 것은 안의 조각들이 정교하다는 정도이지만 그것 또한 가치를 매기기에는 아쉬움이 있습니다."

아니나 다를까 걸음을 옮길수록 이곳저곳 파헤쳐졌던 흔적들 사이로 새 죽순들이 올라오고 있었다. 그리고 처음에는 푸른 숲이었는데 안으로 들어갈수록 검은 묵빛의 대나무들이 하늘로 치솟아 오르고 있었다.

"저기가 바로 처음 아수라묵죽검이 발견된 곳입니다."

지군이 가리키는 곳을 보니 아래로 들어가는 입구가 대나무 숲 사이로 휑하게 나 있었다.

"저곳은 원래 절진에 가려져 있던 곳인데 아수라묵죽검이 나온 후 파진이 되면서 저 모양으로 드러난 곳입니다."

"석동 안은 그대로입니까 ?"

"물론입니다. 모두가 살펴보고 조사를 했지만 파손하지는 않았습니다. 아마도 혹시나 하는 생각이 남았던 게지요"

"저 석동의 주변으로는 어떻습니까?"

"석동의 주변으로도 땅을 파 혹시 연결된 통로가 없을까 모두 조사를 했지요. 마황의 유물이 나온 곳이니 본교는 물론이요, 구천마성 쪽에서도 세밀하게 검토했지만 아무것도 찾지 못했습니다. 들어가 보시겠습니까?"

이윤은 잠깐 망설였다. 석동 안에는 아무것도 없고 석동을 중심으로 땅을 파 지하통로가 없는지 다 확인해 보았다는 것이다. 그런데도 아무것도 찾지 못했다면 결국 정말 아무것도 없거나 그도 아니면 누구도 발견하지 못한 것일 수밖에 없었다.

사실 이윤이 이곳에 온 것은 혹시 모를 구천마황 혁세기의 심득을 얻기 위한 것은 아니었다. 지금까지는 오직 원한과 증오로 살아왔다면 이제부터는 일이 시작된 곳에서 차분하고 이성적으로 풀리지 않은 문제들을 풀어 보려는 의도였다.

어째서 이윤의 사부가 된 구천마황 혁세기는 종적을 감추었는가?

어째서 오행혈마공이란 것을 모용추가 얻는 것을 방치한 채 아무런 조치도 취하지 않은 것인가?

또 두 조사, 즉 정태고와 혁세기는 다시 만나지 못했

는가? 그리고 다시 모용세가의 자손인 어머니 모용설란과 자신에게 아수라묵죽검이 이어지고 자신이 마황의 후인이 되었는가?

이런 의문들을 냉철한 이성으로 처음부터 풀어 보자는 의도였다. 그러니 아무것도 얻을 것이 없다는 지군의 말에도 실망함이 없이 석동 안을 조사해 보기로 했다.

이윤은 지군과 함께 석동 안으로 들어가고 쌍마가 밖을 지켰다.

석동 안은 아주 단순한 구조였다. 벽은 섬세하지 않은 선이 굵은 조각을 한 현무암으로 장식이 되어 있었고, 석실에는 아무것도 없이 먼지만이 날렸다.

그러다 한쪽 벽을 보니 작은 구멍 하나가 뚫려 있는 것이 보였다.

"아수라묵죽검이 저곳에 있었다고 합니다만 사실인지는 모르겠습니다. 어쩌면 사람들이 후에 지어 낸 이야기일지도 모릅니다."

지군은 구멍의 정체에 대해 말하면서도 반신반의하는 분위기였다. 이윤은 고개를 끄덕이며 다시 한 번 석실 내부를 살피다가는 구멍 앞에 멈추어 섰다.

달리 아무것도 찾을 길이 없으니 남은 것은 단 하나!

　파멸지옥검, 즉 아수라묵죽검을 저 구멍에 다시 꽂아 넣어 보는 일밖에 없을 것 같았던 것이다. 아니 그것이 아무런 소용이 없는 행동일지라도 할 수 있는 것은 해 보아야 하겠다는 생각에 이윤은 아수라묵죽검을 품에서 꺼내었다.

　"서… 설마, 귀공께서?"

　그 모습을 보던 지군이 크게 격동했다.

　너무나 유별나게 잘 모시라는 지시를 받았던지라 지체 높은 인물일 것이라고는 생각했지만 당대의 구천마황일 줄은 몰랐던 것이다.

　"교주께서 말씀을 안 하신 모양이군요. 사람들이 날 더러 소마황이라고 하더군요. 하지만 난 그리 불리는 것을 좋아하지 않으니 개의치 마십시오.."

　"어찌 제가 감히! 결례를 용서하십시오. 합하!"

　"합하라니 가당치 않습니다."

　이윤의 완곡한 말에도 지군은 그저 고개만을 깊숙이 숙였다.

　마황이 한때는 무림의 가장 높은 위치에 존재해 정, 사, 마의 참배를 받았었으니 그로서는 함부로 대할 엄두가 나지 않았다.

구천마성

이윤은 더 말없이 아수라묵죽검을 구멍에 천천히 밀어 넣은 후 어떤 변화가 일어나는지 살폈다.

하지만 이윤의 기대와는 달리 아무런 변화가 일어나질 않았다. 단지 그뿐이었던 것이다.

'내가 아닌 것처럼 생각하면서도 무엇을 바랐단 말인가?'

이윤은 스스로를 책망하며 마음을 가라앉히기 위해 바로 그 자리에 좌정했다.

그리고 용호결을 천천히 운기하는 순간 놀라운 변화가 일어났다.

아수라묵죽검의 주위로 일렁이는 공기의 파동과 함께 마치 구름 사이로 밝은 햇살이 비추듯 알 수 없는 공간이 만들어지고 있었다.

이윤은 운기를 잠시 멈추고 다시 몸을 일으켰다. 고개를 돌려 지군을 보니 그는 아무것도 보지 못한 것 같은 눈치였다.

그렇다면 용호결의 진기에만 반응하는 공간이라는 것이었다.

"아무 변화도 없어 유감입니다. 합하!"

지군이 여전히 합하란 칭호를 쓰며 이윤을 위로했다.

역시 그런 것이었다.

"난 마음에 잠시 깨달음이 있어 이곳에 남아 머물까 합니다. 지군께서는 교주께서 내리신 명을 완수하신 것이니 이제 그만 돌아가셔도 좋습니다."

이윤의 말에 잠시 의아해했지만 지군은 곧 곧이곧대로 받아들였다. 자고로 고수들이란 찰나의 순간이 깨달음의 시간이 되고 그것을 놓치면 다시 잡기 힘들다는 것을 그 또한 경험한 적이 있었던 것이다.

"교주께 보고를 드리고 지시를 받겠습니다. 그동안은 저와 쌍마가 이곳을 지킬 것이니 걱정하지 마시고 참오에 드십시오."

지군은 그렇게 이윤에게 읍을 하고는 바로 물러났다.

이윤은 바로 다시 좌정한 후 용호결을 운기했다.

그러자 역시 다시 새로운 공간이 열렸다.

이윤은 천천히 몸을 일으켜 그 안으로 천천히 발걸음을 옮겼다.

하지만 이윤 자신도 지금 깨닫지 못하는 것이 있었다. 그것은 그이 육신은 여전히 석실 안에 그대로 좌정한 채 앉아 있다는 것이었다.

죽림의 묵죽이 바람에 흔들리며 사정없이 울어댔다.

2

정주 일대의 객잔과 상점들은 몇 년 만에 다시 최대의 성수기를 맞고 있었다. 그것은 다름 아닌 영웅대연(英雄大宴) 덕분이었다. 당금천하를 양분하고 있는 검성 즉, 검마천의 후신인 북검회의 철검대원와 대주를 뽑는 영웅대연은 이미 천하에 널리 알려졌고, 북검회가 당대 무림의 지배자나 다름이 없는 까닭에 모든 무파들은 줄을 대기 위해 영웅대연에 대규모의 문도들을 파견하였다. 원단이 얼마 남지 않자 곳곳에서 집결한 무림인들로 정주는 그야말로 인산인해였고 바람 잘 날이 없었다. 대저 칼 든 자들이 모이면 시비가 있게 마련이고 그 시비는 결국 자신의 무공을 입증하는 것으로 이어졌다.

예전의 무림행사에서는 마도련과 정도맹에서 행사가 있을 때마다 무사들을 동원해 감찰을 하도록 했지만 검성은 감찰도 제재도 하지 않았으니 하루에도 몇 번씩 충돌이 이어져 사상자가 생겼다.

오늘도 정주의 천지객잔에서는 시비가 벌어지고 있었다.

"어린놈이 팽가의 위세를 믿고 너무 기고만장하구나. 팽가가 이미 예전과 같지 않음을 스스로 깨우치도록 내 오늘 하늘 밖에 하늘이 있음을 보여 주겠다."

흑의를 한 중년 장한이 소리치는 앞에는 이십 대의 비교적 준수한 용모의 청년이 검을 뽑아 들고는 엄중한 표정으로 흑의 장한을 노려보고 있었다.

"흥! 당연히 우리 팽가의 위세는 뇌음마가에 못지않지. 그렇게 자신 있으면 오너라."

청년은 하북팽가의 팽초문으로 가문이 소마황 이윤에게 도륙된 후 살아남은 유일한 직계자손으로 팽가의 대통을 이은 자였다. 팽가가 예전 같지는 않았지만 그래도 아직 많은 원로들이 살아남았고, 모용세가의 후원도 아직까지는 이어지고 있어 명성은 그런대로 유지되고 있었다.

어쩌면 소마황과 단독으로 싸워 정파의 정기를 지켰다는 식의 소문이 그들의 위세를 지금처럼이나마 지켜주고 있는 것인지도 몰랐다.

아무튼 팽초문은 영웅대연을 기점으로 북검회와도 끈을 이어 팽가의 위세를 되찾아 보겠다는 신념으로 정주로 와 영웅대연에 참가하기 위해 이곳에 묶고 있다가 마도의 노물인 뇌음칠마와 시비가 붙은 것이었다.

팽초문의 말에 뇌음칠마의 사마가 기형도를 꺼내 들고 공격하려 하자 객잔은 쥐죽은 듯한 적막이 감돌았다. 그 조용한 순간에 객잔 문이 열리며 천지객잔의 점소이가 크게 떠들며 들어왔다.

"아이고 참 내! 우리 객잔이야말로 영웅대연에 참가하는 무사님들을 위한 모든 시설을 제대로 갖춘 곳이라니까요. 어서들 들어오세요. 자 자 이미 다른 객잔에 가봐야 별 볼일 없습니다. 이쪽으로 자 자!"

점소이의 요란한 호객 행위가 객잔 문안으로 이어졌고 곧이어 이남이녀와 아직 어린 소년이 들어섰다. 그들도 모두 무인인 듯 검을 들고 있었는데, 두 명의 여인은 면사로 얼굴을 가려 용모를 알 수 없었지만 두 명의 남자는 그 용모가 특이했다.

한 사람은 사람 좋은 인상에 키가 컸고 다른 한 명은 한쪽 눈에 검은 안대를 착용한 외눈이었는데, 나머지 한 눈이 번뜩이는 것으로 봐서 예사 인물이 아닌 것으로 보였다. 소년도 정기가 가득해 보이는 눈빛으로 보아 적지 않은 수련을 한 것으로 보였다. 점소이는 수선을 떨고 들어오다가 장내에 병장기를 들고 대치하고 있는 사람들을 보고는 입을 다물었다.

'또! 뭐야 오늘은 칠(七) 대 십이(十二)야? 정말 하루도 편안한 날이 없군.'

점소이가 자세히 살펴보니 음침한 일곱 명의 노물들 젊은이를 포함한 열두 명이 일어서 대치하고 있자 속에서는 한 가지 생각만이 들며 열불이 났다.

'오늘도 또 누가 죽거나 실려 나가겠구나!'

지금까지의 경험으로 보아 이럴 때는 무조건 조용히 있는 것이 만수무강에 지장이 없다는 것을 잘 알고 있는 그였다. 그러나 따라 들어온 손님들은 조용히 있지 않았다.

"무엇하느냐? 어서 안내하지 않고."

외눈을 번득거리며 따라 들어온 사내가 말하자 중인들의 시선은 일제히 그에게 쏠렸다. 그리고 한 탁자에서 침음성이 흘러 나왔다.

"산동검귀? 으~음."

장내가 조용한 터라 그 말은 모두에게 똑똑히 들렸다. 그러자 반응은 즉각 나왔다.

바로 외눈의 사내는 다름 아닌 마황대의 생존자인 엄

기문이었던 것이다.

"네놈은 복장을 보니 환마천의 마졸 새끼로구나! 영웅대연까지 참가하려고 온 걸 보면 환마천의 마귀들은 아직 안 뒈지고 살아 있는 모양인데, 내 오늘은 너희들을 죽이지 않을 것이니 가서 마귀새끼들에게 목을 늘이고 기다리라고 전해라."

엄기문이 낮은 어조로 섬뜩하게 말하자 환마천의 무인들은 이러지도 못하고 저러지도 못하고 떨고 있었다.

환마천은 구중천의 하나로 환사궁이라는 이름으로 개명한 후 강호 활동을 하고 있었는데 지금은 구중천 중 검마천, 즉 북검회와 거의 하나가 된 것이나 마찬가지였다.

이들이 엄기문을 한눈에 알아본 것은 엄기문과 서지명이 이미 남도천과 북검회의 주요 수배자 명단에 올라 있었고, 또 살아남은 구천마황대의 일원이라고 알려져 있었기 때문이었는데 구천마황대의 이름은 절로 환마천 무인들을 떨게 만들었다.

비록 지금 그들 일행이 열을 넘었지만 산동검귀는 단신으로 자신들의 북검회 지부 안뜰까지 들어와 횡포(?)를 부린 적이 있으니 섣불리 움직였다가는 목이 달아날 것이라 여기고는 떨고만 있는 것이었다.

"어서 움직이지 않고 무얼 하느냐?"

엄기문의 입이 다시 열리자 환사궁의 무사들은 걸음아, 날 살려라 하고는 객잔을 빠져나갔다. 그러자 팽초문과 대적하고 있던 뇌음칠마도 팽가 일행을 한 번 노려보고는 그대로 객잔에서 물러났다. 그러자 팽초문이 다가와 말했다.

"엄 대협이시지요? 불필요한 충돌을 막아 주셨습니다. 감사드립니다."

팽초문은 엄기문이 들어와 마가의 인물들을 쫓아내자 내심 안심했다. 뇌음칠마에게 꼭 질 것이라고 생각하지는 않았지만, 주변에 환사궁의 무사들이 있으니 껄끄럽기가 이만저만이 아니었다. 그러나 엄기문이 들어와 한마디 하자 그들은 줄행랑을 쳤고 왠지 그에게 빚을 진 것 같은 기분이 된 것이다.

"나는 내 하고픈 말을 한 것뿐이니 괘념치 마시오."

엄기문은 싸늘하게 말하고는 돌아섰다.

"공녀! 드시지요."

엄기문이 함께 온 일행 중 면사 여인을 향해 공녀라

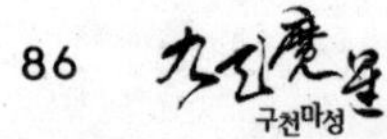

부르며 공손히 고개를 숙이자 중인들의 시선은 모두 엄기문이 공녀라 부른 여인에게로 쏠렸다.

여인은 다름 아닌 독고영경이었다.

독고영경이 이윤에게서 조사의 아홉 가지 검식을 얻고 한동안 천마비동 안에서 깊은 수련에 빠졌었다. 그러나 끈질긴 참오에도 불구하고 일곱 가지 검식 외에는 얻지 못했고, 이는 참오로 얻을 수 있는 것이 아니라 여기고 비동을 나온 후 이윤을 기다리고 있던 도령을 비롯한 엄기문 등과 함께 길을 나선 것이었다.

그들이 정주로 길을 나선 것은 다름이 아니라 용호무관의 두 제자가 북검회의 영웅대연에 참여한다며 길을 떠났다는 소식을 관주 마호룡으로부터 들었기 때문이었다.

혹여 북검회로부터 해를 입으면 이윤의 얼굴을 어찌 볼까 걱정이 앞선 이들은 만사를 제치고 무한으로 가려던 일정을 바꿔 정주로 향했고 강소검을 만나게 된 것이었다. 강소현은 저자를 헤맸지만 찾지 못해 강소검과 만나기로 했다는 객잔에서 기다리기로 한 것이었다.

"하하하! 여러분 우리는 진하의 용호무관에서 온 사람들입니다. 영웅대연을 구경하러 왔지요. 자 자! 우리

어린 사형들은 무엇이 먹고 싶은가? 한번 말씀들 해 보
시게.”

서지명이 강소현과 강소검에게 무엇을 먹고 싶으냐고
물었다. 그러자 소검이 빙긋 웃으며 말했다.

“전 소면만 아니면 다 돼요. 고기를 먹어도 되나요?”

소검이 소면이 싫은 이유는 지금껏 오면서 거의 소면
만을 먹었기 때문이다. 어린 남매가 먼 길을 오는 여비
가 넉넉지 않아 오는 내내 소면으로 끼니를 때운 탓이었
다.

그 때 독고영경이 면사를 벗으며 말했다.

“그럼 되고말고. 어서 자리로 가자. 모두 가시지요.”

그들이 자리에 앉고 여인들이 면사를 벗자 미모가 그
대로 빛을 발했다. 싱싱하게 피어난 독고영경도 그러했
지만 완숙함을 더해가는 도령의 미모도 마음을 설레게
할 정도였다.

중인들의 시선이 자꾸 여인들에게 향하는 것을 알고
는 엄기문이 좌중을 한 번 쓰~윽 하고 보자 모두 고개
를 돌렸다. 그 때 객잔문이 열리며 한 떼의 무인들이 몰
려 들어왔다. 그들은 모두 오대세가의 인물들이었는데
하나같이 젊고 당당해 보이는 이십 대 중후반의 미공자

들이었다. 그 사람들 중 한 청년이 일행을 보더니 반갑게 다가섰다.

"아니 여기들 계셨군요. 저 남궁영호입니다. 기억하시겠습니까?"

그는 바로 남궁가의 장자인 남궁영호였다. 남궁영호는 아버지인 남궁선과 함께 용호무관에 와서 동생의 장례식에 참석했었기에 그들과 안면이 있었다. 남궁영호가 반갑게 인사를 하자 모두 수인사를 나누고는 서지명이 물었다.

"그런데 남궁 소협도 영웅대연에 참가하러 오시었소?"

"그렇습니다. 우리는 저 건너편에 있는 천무객잔에 묵고 있는데 팽가의 팽 소협이 마도 놈들과 시비가 붙었다기에 화급히 와본 것입니다."

그것은 곧 팽초문이 위기에 처했다고 하자 같은 오대세가끼리 뭉쳐 대처하기 위해 왔다는 소리였다. 남궁영호의 말에 엄기문이 인상을 찌푸리더니 말했다.

"남궁 형께서는 동생의 죽음을 보았을 것인데 어찌예까지 와서 경거망동하시오. 내 듣기로는 남궁가주께서 가문의 가솔들에게 일체의 무림 활동을 하지 못하도록 했다는 말을 들었는데 아닌 모양입니다.”

지난 남궁화련의 죽음을 계기로 남궁가주는 가솔들에
게 자신의 성취를 넘지 못하면 강호에 발을 들여놓지 못
하도록 명했다. 그것은 가주인 자신이 삼녀 남궁화련을
넘지 못했는데 딸이 비참하게 죽자 가솔들의 무위를 최
대한 끌어올리기 위한 일종의 금제였다.

그런데 지금 남궁영호가 오대세가의 후기지수들과 몰
려다니며 정주까지 왔으니 엄기문은 그를 위하는 마음에
서 하는 말이었다. 엄기문의 말에 남궁영호가 고개를 들
지 못하자 엄기문은 다시 말했다.

“동생의 죽음을 헛되이 하지 않으려면 지금보다 세
배, 네 배의 노력이 필요할 것입니다.”

말을 마친 엄기문의 얼굴은 무표정해 보였지만 조금
씩 젖어 들어가고 있었다. 일행의 마음도 남궁화련이 생
각나자 다시 가라앉았다.

그 때였다.

“네가 도대체 뭔데 남궁 형에게 감 놔라 밤 놔라 하는
것이냐? 네가 남궁 형에게 말하는 것을 들으니 마치 자
신은 무신이라도 된 듯이 말을 하는구나. 어디 자신 있
으면 그 실력 좀 보여 다오.”

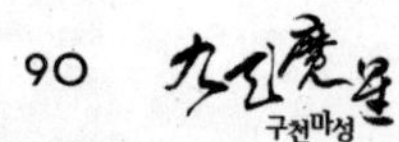

엄기문의 말에 쌍심지를 켜고 대든 사람은 다름 아닌 황보세가의 소가주인 황보성한이었다.

그는 처음 보는 무리에게 남궁영호가 너무 저자세로 말을 하는걸 보고 기분이 상해 있다가 엄기문이 남궁영호를 탓하며 나서자 그만 폭발해 버린 것이었다.

그런 황보성한을 엄기문은 한쪽 눈을 껌벅이며 쳐다보다가는 그냥 고개를 돌려 버렸다. 상대하고 싶지가 않아서였다.

예전 같으면 자신이 넘볼 수 없는 대무가의 자손이라 어쩔 수 없어 고개를 돌렸겠지만 지금은 일초감도 안 되는 자존심과 자만심만 가득 찬 어린아이를 보는 듯해 고개를 돌린 것이었다.

서지명과 엄기문의 무공은 이윤과 동행하며 깨달음을 얻고, 일월신교에서 도령에게 사사받음으로써 이미 일문의 종사를 넘어서고 있었다.

그러나 황보성한은 그것도 모르고는 의기양양해 크게 소리쳤다.

"거봐라. 그렇게 몸을 낮추어야 하는 것이다. 남궁형! 어서 이리 오시오. 그리고 저놈의 말은 마음에 두지 마시오. 우리가 뭐 여기 놀러 왔습니까? 철검대에 들어

가문을 빛내 보자고 온 것 아니오? 그런데 그리 쉽게 기가 꺾여서야 어찌 철검대에 들 수 있겠소?”

황보성한의 말이 엄기문을 자극했다. 특히 철검대에 들기로 했다는 말에 엄기문은 부아가 치밀어 오른 것이다. 자기 동생은 철검대의 상부조직인 구중천 중 하나인 이화궁에 의해 목숨을 잃었는데, 그 오라버니라는 자가 흉수나 다름없는 조직을 수호하는 곳에 몸을 담겠다는 것과 마찬가지인 말이었다. 엄기문이 일어서려는데 온화한 목소리가 울려 퍼졌다.

“엄 대협! 앉으세요.”

“공녀!”

엄기문을 제지한 사람은 바로 독고영경이었다. 도령이 먼저 나설까 싶어 서둘러 입을 연 것이었다.

독고영경이 마황인 이윤의 제자라 항상 황녀라는 칭호를 썼지만 외부에 나오면서 남들의 시선을 의식해 공녀라 부르는 것이었다.

“남궁 소협은 저를 아시지요?”

“예? 어찌 제가 낭자를 알겠습니까?”

“제가 바로 남궁 언니가 화를 당할 때 함께 있었던 독고영경입니다. 이제 기억하시겠지요?”

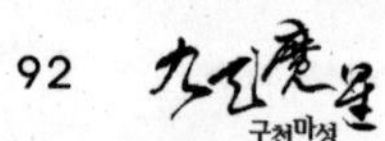

"아! 그렇군요. 이제 보니 그때 뵈었던 기억이 납니다. 몰라 뵈어 송구합니다. 남궁영호가 공녀를 다시 뵈옵니다."

남궁영호가 당대 일월신교의 공녀인 독고영경을 몰라본 것을 자책하며 다시 인사를 하자 독고영경이 조용히 입을 열었다.

"여기 엄 대협은 남궁 동생을 생각하는 마음이 각별했습니다. 그래서 남궁 소협에게 그리 말한 것이지요. 그런데 남궁 소협은 작은 자존심 때문에 세가로 돌아가고 싶지 않을 겁니다. 바로 저기 있는 소협의 친우분들에게 자존심이 상할까 봐서요. 그래서 제가 드리는 말씀인데 저기 있는 저분이 제 삼초를 받지 못한다면 어찌시겠습니까? 그러면 가주이신 남궁대협의 명을 따라 세가로 돌아가시겠습니까?"

"하하하! 무슨 그런 되지도 않을 말씀을 하십니까? 저기 저 친구는 황보세가의 다음 가주로 내정된 황보 대협입니다. 아무리 공녀라 하더라도 그건 좀……."

남궁영호는 말도 안 된다며 일축하려는데 입을 닫았다. 무인에게, 여인이던 사내던 상대보다 약하다고 말하는 것은 모욕이었으니까 말이다.

그러자 황보성한은 불같이 화를 내며 말했다.

"남궁 형! 지금 무슨 말을 하는 것이오? 그런데 소저는 누군데 감히 나를 능멸하려 하느가?"

그러자 독고영경이 일어나 앞으로 다가며 말했다.

"저는 용호무관의 제자로 지난날 남궁 언니와 함께했던 사람입니다. 정도맹의 주축인 오대세가의 후기지수들이 구중천에 몸을 담으려 왔다 하니 어이가 없어 감히 한 말씀드렸습니다."

탕!

독고영경은 말을 끝내고는 등 뒤에 메었던 검을 끌러 탁자에 소리가 나게 내려놓았다.

더는 사과도 변명도 하지 않을 것이니 더 듣고 싶으면 검으로 해결하자는 무언의 시위였다.

그리고는 이윤에게서 배운 추운권의 기수식 자세를 취했다. 그러자 황보성한은 그것을 한눈에 알아보았다.

"하하하하! 이제 보니 청성파의 속가인 모양이구나. 겨우 추운권으로 나에게 도전을 하다니! 허나 내 이미 마음이 상해 용서를 해줄 마음이 없으니 조심해야 할 것이다."

황보성한은 추운권을 확인하고는 한심하다는 듯 한껏

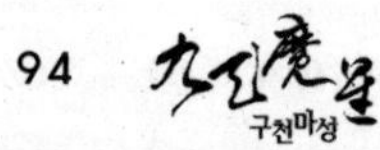

기세를 울렸다.

“무공은 말로 보이는 것이 아니라 들었습니다.”

독고영경은 한마디를 내뱉고는 양수를 들고는 뚜벅뚜벅 걸어 황보성한에게로 다가섰다. 가소롭다는 눈빛으로 독고영경을 바라보던 황보성한은 독고영경이 다가서는 것이 부담스러워지자 자신도 앞으로 한 발자국 다가서며 황보가의 독문심법인 수미천강심법을 운용하며 벽력신장을 내지를 만반의 준비를 갖추었다. 그런데 수공을 펼칠 줄 알았던 독고영경이 갑자기 무영환퇴를 펼쳤다. 그러자 크게 놀란 황보성한은 퇴영을 피해 물러서다가 탁자에 걸리며 비틀거리더니 간신히 신형을 세웠다. 그 모습이 어찌나 우습던지 장내의 중인들 속에서 웃음이 터져 나왔다. 그러자 얼굴이 붉은 홍시처럼 변한 황보성한은 벼락같은 소리를 내지르며 십이성의 벽력신장을 내질렀다.

“으아악! 벽력신장!”

퍼펑!

“큭!”

그러나 비명을 지른 사람은 바로 벽력신장을 내지른 황보성한이었다. 황보성한은 독고영경의 반탄강기에 나가떨어진 후 무엇을 보았는지 부들부들 떨고 있었다.

황보성한을 두려움에 떨게 한 것은 바로 독고영경의 눈이었다.

독고영경의 눈은 이미 검은자위가 없어지고 흰자위만 가득 찬 채 섬뜩한 냉기를 뿜어내고 있었던 것이다.

"커억! 배, 배, 백안?"

백안출세(白眼出世) 혈우천하(血雨天下)!

바로 일월신교의 독문무공인 건곤대나이가 발현된 것이었다. 독고영경의 건곤대나이는 이미 대성을 한 단계였다. 그럼에도 무심결에 건곤대나이가 발현된 것은 남궁화련의 죽음에 대한 생각에 심기가 흐려졌기 때문이었다.

"공녀! 심기를 부드럽게 하세요. 우리 일문의 무공은 오로지 입식면면 출식미미 하는 호흡에서 온다는 문주님의 말씀을 잊으셨는지요?"

온화한 목소리로 독고영경을 막은 사람은 바로 도령이었다. 사부인 마황의 이름이라면 능히 독고영경의 심기를 다스릴 수 있을 것이라 생각한 것이었다.

효과는 있어 독고영경의 눈이 점점 정상을 찾아갔다.

"미안해요. 언니! 제가 잠시 남궁 언니 생각에 그

만……."

"아닙니다. 공녀! 저도 남궁 동생 생각에 그만 도를 뽑을 뻔했습니다."

화기를 다스리고 자리에 앉은 독고영경이 황보성한을 노려보았다.

그러자 황보성한은 얼굴이 일그러지더니 분기를 쏟아냈다.

"이제 보니 그대는 마교의 공녀 흑월화였군. 어쩐지 기고만장하다 했어."

황보성한은 천천히 몸을 일으키더니 검을 뽑아 들었다.

그 모습을 본 도령이 천천히 보자기로 싼 자신의 병기를 풀며 일어섰다.

"이보세요, 황보 소협! 그만한 일로 황보세가의 다음 주인이 검을 뽑아서야 되겠습니까?"

황보성한은 검을 휘두르려다 낯선 여인의 말에 주춤했다.

황보성한 또한 무림에 몸을 담은 지 오래이니 도령은 몰라도 철혈마도를 모르지는 않았던 것이다.

'크윽! 철혈마도! 그렇다면 저 여인이 바로 소마황의

시위로 요마사를 죽였다는 검도쌍령의 도령이란 말인 가?'

요마사의 목을 벤 철혈마도를 감히 상대할 엄두를 내 지 못한 황보성한은 침음을 삼키며 한참을 그렇게 서 있 다가 검을 다시 집어넣고는 객잔 문을 나갔다.

다른 오대세가의 동료들도 모두 나갔지만 남궁영호는 엉거주춤 서 있었다.

그제야 엄기문이 남궁영호에게 물었다.

"남궁 소협은 어찌하겠습니까?

"대협의 말씀을 잘 알겠습니다. 이 길로 세가로 돌아 가 수련에 전념하겠습니다. 엄 대협과 귀인들께 심려를 끼쳐 미안할 따름입니다. 내가 화련이를 생각하는 엄 대 협의 마음을 잊지 않을 것입니다."

어렵게 입을 연 남궁영호는 진심 가득한 얼굴로 말하 고는 깊숙이 고개를 숙이고는 떠나갔다.

그렇게 객잔의 일은 일단락이 되었지만 소문은 일파 만파로 퍼졌다. 흑월화 독고영경에게 황보가의 대공자에 게 낭패를 안겼다는 소문이 끝도 없이 돌았다. 주된 내 용은 산동검귀 엄기문과 함께 일월신교의 공녀가 정주에 와 있다는 말이 제일 큰 화제였다. 소문은 이어져 북검회의 핵심 인물들에게까지 전해졌다.

3

그 시간 강소현은 의외의 인물을 만나고 있었다.

"허허허! 어린 나이인 것 같은데 너도 철검대를 뽑는 영웅대연에 참가하려고 온 것이냐?"

강소현은 동생과 만나기로 한 객잔으로 돌아가려다 우연히 만난 신선 같은 수염을 흩날리는 노인이 말을 걸자 절로 흥미가 동했다.

마치 자신이 무림의 기인이사를 만난 것 같은 착각에 빠진 것이었다.

"예, 그런데 할아버지도 무림인이세요?"

"그렇다고 할 수 있지."

"그럼 할아버지는 어떤 병기를 쓰세요? 검? 창? 도?"

"글쎄다. 굳이 말하자면 검을 쓴다고 할 수 있지. 그런데 넌 무슨 병기를 쓰느냐?"

"전 아직 병기를 쓰지 못해요. 권법과 퇴법을 배웠어요. 근데 할아버지는 어느 문파에서 나오신 분이세요?"

"굳이 말하자면 북검회가 내 소속이라 할 수 있지. 그러는 넌 어느 문파 소속이냐?"

"정말이세요?"

강소현은 노인이 북검회 소속이라고 하자 눈을 크게 떴다. 이곳에 온 목적이 북검회의 철검대에 들어가고자 한 것이었는데 북검회 소속이라는 노인을 만났으니 이게 무슨 조화인가 싶었던 것이다.

그러나 강소현이 그렇게 노인을 만나 들떠 있는 것과 달리 노인의 심중은 착잡하기 그지없었다.

'틀림없는 순음지체로군. 하지만 내 지금 무엇을 하고 있단 말인가? 그리 오랜 세월을 무공을 익히며 살아온 내가 고작 어린 여아를 유인하는 일이나 하고 있다니…….'

강소현이 모르는 노인의 신분은 정말 놀라운 것이었다.

바로 노인이 북검회의 절대자인 검마사였던 것이다.

구중천 중 검마천의 마사!

지금은 천하를 양분하고 있는 두 세력 중 하나인 북검회를 만들고 후계자인 검마혼에게 회주 자리를 물려주고 배후로 물러난 절대고수가 바로 강소현 앞에 앉아 있는

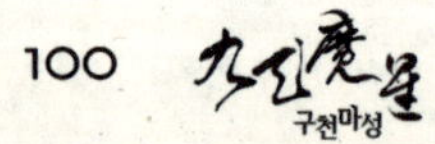

노인이었던 것이다.

그런 절대고수가 아무리 순음지체라지만 어린 여아를 유인하는 일에 직접 나선 것은 바로 천공 모용추의 지시 때문이었다.

호랑이가 사라지니 늑대가 왕 노릇을 하는 것이었지만 모용추의 오행혈마공은 얼핏 느끼기에도 구마사 둘로도 상대하기 어렵다는 것을 알 수 있었다.

물론 모용추의 궁극적 목적이 무림의 지배가 아닌 자신의 삶을 파멸로 이끈 구천마황 혁세기와 그의 후계와 일족에 대한 복수밖에 없다는 것을 의심할 수 없었기에 그의 지시를 따랐지만 이런 일을 자신이 직접해 줄 것을 요구하는 것에는 화가 치밀지 않을 수 없었다.

하지만 그렇다고 해도 천공 모용추를 북검회의 적으로 돌릴 수는 없었기에 그는 모든 자신의 의지를 내던지고 이 자리에까지 나섰던 것이다.

"아직 병기를 얻지 못했다면 도는 어떠냐?"

"도요? 도를 제게 주시려고요?"

"하하하! 내 지나다 널 보니 앞으로 일취월장할 기재가 분명해 보이더구나. 난 늙어 더 이상 병기를 쓸 일이 없으니 내 병기를 네게 전하면 어떤가 해서 말이다. 무인에게 있어 자신의 병기를 앞으로 대성할 기재에게 전하는 것 또한 큰 영광이란다.”

검마사는 그가 평소에 절대 할 수 없는 입에 바른 소리까지 해가며 강소현에게 도를 물려주겠다고 나섰다.

그 이유는 모용추가 반드시 순음지체의 여아가 스스로 도를 선택하게 해야 한다고 했기 때문이었다.

그런 마음을 알 리 없는, 아니 눈앞의 노인이 천하를 양분하고 있는 절대자로 자신이 꿈에서도 만나기 힘든 검마사임을 알 리 없는 강소현은 자신에게 닥친 기연에 넋을 잃고 있었다.

“정말이세요? 제게 정말 병기를 주시겠어요? 하지만 전 이미 사부님이 계신데요?”

“널 제자로 받고야 싶지만 이미 사부가 있다면 그것도 인연이겠지. 도와 도법만을 전한다면 네 사부께서 설마 나를 책망하기야 하겠느냐?”

강소현은 머릿속으로 용호무관의 사부 마호룡의 얼굴을 떠올려 보았다. 그리고는 이내 마음씨 좋은 사부님이 이런 일로 자신을 책망하지는 않을 것이라는 결론을 내렸다.

하지만 그런 가운데 갑자기 대사형 이윤의 얼굴이 떠

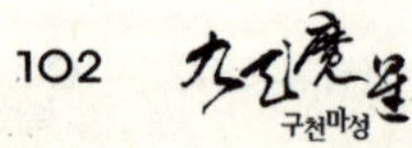

올랐다. 그런데 평소에 그렇게 자상하고 친절한 대사형은 지금 눈앞의 노인의 제안을 받아들이는 것을 환영하지 않을 것 같은 생각이 들었다.

"사부님은… 허락하실 텐데 대사형은 아마도 허락하지 않을지도……."

검마사는 어린 강소현이 사부가 아닌 대사형을 들먹거리자 갑자기 그 대사형이란 인물이 궁금해졌다.

"너의 대사형이 그리 엄하시냐?"

"아니요? 우리 대사형은 자상하세요. 그런데 왜 그런 생각이 떠오르는지 모르겠네요?"

"네 대사형은 어떤 인물이냐?"

"우리 대사형은 진하의 용호무관의 대사형이고요, 또 이가원 원주님의 오라버니세요. 성은 이자고 이름은 윤자를 쓰세요."

'뭐? 뭐라고? 이럴 수가!'

강소현의 말을 들은 검마사는 속으로 침음을 삼켰다.

이가원이라면 얼마 전 보고에서 지금은 벽력사태라 불리는 소마황의 사매가 기거했던 곳이다.

그리고 그녀와 함께했던 사내인데 이름이 이윤이라면 달리 생각할 것도 없이 바로 소마황이 확실할 수밖에 없었다.

　살아 있다는 것은 알고 있었지만 이런 식으로 자신에게 존재를 드러내리라고는 생각지 못한 검마사였다.

　더구나 모용추는 어떠한가?

　그런 모든 걸 다 알고 있었으니 자신에게 고작 병기를 전하는 일을 시켰던 것이다. 그럼 저 아이에게 전하라는 도의 정체는 도대체 뭐란 말인가?

　문득 검마사의 이마에 주름이 잡혔다. 필시 소마황의 사매로 보이는 여아에게 전하는 병기라면 그 안에 소마황을 죽음으로 이끌 무엇인가가 있다는 것이었기 때문이다.

　고민 속에 사로잡히면서도 검마사는 모용추의 집요함과 광기에 치를 떨었다.

　'어찌 아직도 그를 잊지 못한단 말인가?'

　강소현은 눈앞의 노인이 고민에 사로잡히자 혹여 자신에게 했던 제안을 노인이 거둬들일까 덜컥 겁이 났다.

　'에이! 그렇게 자상한 대사형이 내가 다른 곳에서 병기를 얻었다고 화를 내시기야 하겠어?'

　강소현은 자신을 달래며 억지로 활짝 웃는 이윤의 얼굴을 떠올리고는 입을 열었다.

“아마 대사형은 허락하실 것이에요. 정말 제가 그 도를 얻어도 되나요?”

이마의 주름은 펴졌지만 검마사의 노안은 더욱 깊숙하게 갈무리 되었다.

“암! 되고말고. 시간이 얼마 걸리지 않으니 지금 전해 주마. 따라오너라.”

＊ ＊ ＊

북검회의 태상회주인 검마사는 평소에 그리 할 일이 많지 않았다. 구천마성에서 검마천이 강호로 나온 이후 검성(劍城)이라 이름을 바꾸고 지금의 북검회로 발전시키기까지의 모든 일들은 거의 후계자인 검마혼이 한 일이나 마찬가지였다.

하지만 구마사가 직접 관여된 일이나, 마황과 관련된 일들, 그리고 무죽림주인 천공 모용추가 지시하는 일들은 그가 직접 나서서 처리했다.

오늘의 일도 천공 모용추가 지시한 일이어서 어쩔 수 없이 직접 나섰지만 일을 마치고도 영 입맛이 개운치 않았다.

자신이 스스로를 구태여 포장하지 않더라도 이제는 그런 자질구레한 일까지 지시를 받아 해야 할 위치나 나이는 훨씬 넘어섰다는 생각이 들었다.

천공 모용추를 보면 그가 물론 강하긴 했지만, 만약 그와 대결하게 되면 자신이 질 것이라고는 생각하지 않았다.

그럼에도 그가 고분고분 천공 모용추의 명에 따른 것은 혹시나 살아 있을지 모르는 구천마황 혁세기를 두고 공동대응하기 위한 하나의 포석이었다고 봐야 했다.

'아무리 그렇다 하더라도 이건 좀 과하지 않은가? 내게 고작 어린아이에게 병기를 전하는 일을 시키다니……'

강소현이란 순음지체의 여아에게 전한 병기는 그에게 묘한 전율을 주었다.

밀봉을 뜯지 않아 그 진면목을 보지 않았는데도 불구하고 자신이 갖고 싶다는 생각이 들었던 것이다.

'예사로운 병기가 아니야! 내가 사용했으면 좋았을 것을……. 아니지, 내가 이 무슨 추태란 말인가?'

병기를 이미 강소현이란 여아에게 전했는데도 묘하게 평소 같지 않게 평정심을 잃는 자신을 발견하자 검마사는 서둘러 마음을 진정시키려 애를 썼다.

하지만 아무리 정신을 모아 잡생각들을 잊으려 했지만 좀처럼 머릿속이 맑아지지 않았다.

처음에는 강소현이란 여아에 대해 생각하다가, 곧 천공 모용추에 대한 반감이 치밀어 오르기도 했고, 또 그의 치밀한 안배에 감탄하기도 했다.

그리고는 이미 이승을 떠난 다른 마사들이 생각나기도 했다. 하지만 모든 생각의 종착점은 다름 아닌 강소현에게 준 병기로 귀착되었다.

검마사는 평정심을 찾지 못하게 되자 자리를 박차고 그의 처소인 북검전을 나섰다.

"잠시 산에 올라 산책을 할 것이다. 이비(二秘)를 제외하고는 누구도 따르지 말라."

검마사는 자신의 수신호위이자 오랜 동료인 이비만을 대동한 채 북검회의 배산(背山)인 미륭산을 천천히 걸어 올랐다.

'오늘따라 달빛이 더욱 고고하구나.'

날을 셀 수 없을 정도로 살아왔는데도 불구하고 기이하게 오늘 밤 중천에 떠 있는 달이 가장 아름답게 느껴졌다.

그렇게 걸으며 정상에 오르자 어느새 마음이 가라앉

으며 상념들이 점차 잦아들었다.

그 때였다.

검마사의 시야에 문득 먼 바위 위에 흰색 옷을 입고 앉아 있는 사람의 모습이 눈에 들어왔다.

수신호위인 이비도 이제야 발견했는지 몸을 날려 신원을 확인하려 했다.

"그만 두어라. 오늘 밤 미릉산의 달빛이 나 혼자 감상하기엔 너무나 아깝구나."

검마사는 이비를 제지하고는 자신도 바위 한 군데 걸터앉아 천천히 달빛을 감상했다.

그러나 시간이 흐를수록 점차 달빛 사이로 낮에 강소현에게 전해 준 병기가 떠올랐다.

'이 무슨 조화란 말인가? 내 너무 오래 살아 이제야 심마가 드는 것인가?'

검마사가 불현듯 정신을 차리려 달빛에서 고개를 돌릴 때 청아한 여인의 음성이 밤하늘을 갈랐다.

"그대가 검마사인가요?"

북검회에서는 누구도 그를 검마사라 부르지 않는다. 아니 그렇게 부를 수 있는 자가 없는 것이다.

구마사 모두가 자신들이 구중천의 한 주인으로 불리

는 것을 좋아하지 않았다. 서로가 만났을 때나 아니면 구천마성의 삼태상만이 단지 다르게 부를 칭호가 없어 그렇게 불렀다.

북검회가 만들어지고 나서도 마찬가지였다.

북검회의 모든 무사들과 회주인 검마혼은 그를 태상이라고 불렀다. 그러니 적어도 북검회의 안뜰이나 마찬가지인 미륭산에서 그를 검마사라고 부르는 것은 목숨을 걸어야 하는 일이었다.

이비조차 당황하여 잠시 멈칫하다가는 이내 검을 뽑아 들었다.

채채챙!

"웬 년이냐?"

"정체를 밝혀라."

이비가 튀어나가려 하자 다시 그들을 손짓으로 제지한 검마사는 안력을 높여 천천히 목소리의 주인공을 살펴보았다.

백의에 긴 흑발이 치렁치렁한 여인은 검마사가 오랜 세월을 살아왔음에도 좀처럼 볼 수 없었던 미모였다.

특이한 것은 기파를 올려 더듬어 보아도 좀처럼 아무 기운도 느껴지지 않았고 여인의 미간에서 약한 빛이 새어 나온다는 것이었다.

좀처럼 정체를 가늠할 수 없자 검마사는 느릿한 어조로 물었다.

"너는 누구냐?"

"그대가 모용추에게서 제령도(制靈刀)를 얻지 않았나요? 그것은 지금 어디에 있나요?"

여인이 검마사의 물음에는 대답하지 않고 엉뚱한 질문을 하자 그제야 검마사는 자신이 낮에 강소현이란 여아에게 전한 병기의 이름이 제령도라는 것을 직감했다.

"그것의 이름이 제령도인가?"

"제령도, 혹은 제령혈도라 하지요. 그것은 지금 어디에 있나요?"

검마사는 질문에 대답하지 않고 묵묵히 여인을 직시했다. 천공 모용추를 아무렇지도 않게 부르고, 그와 자신만이 알아야 할 일에 대해 상세히 알고 있다.

더구나 신호만 보내면 아무리 적어도 수천의 무인들이 몰려들 북검회의 안방에서 그 주인을 만났는데도 목소리의 높낮이가 전혀 변하지 않는다.

당금 천하에, 더구나 자신 앞에서 저런 정도의 여유를 가질 수 있는 젊은 여인은 단 한 명밖에는 없다.

 九천魔성
구천마성

은발연화(銀髮蓮花)!

그녀가 아니고서는 지금 눈앞의 여인처럼 행동할 사람은 천하에 없는 것이었다.

그렇게 결론을 내렸는데도 검마사는 여전히 확신하지 못했다. 그것은 여인의 머리카락이 은발이 아니었기 때문이다.

"이제 보니 너는 은발연화란 아이로구나!"

"그래요. 내가 정홍연이에요."

한 번만 더 정체를 확인하고자 말을 건넨 검마사의 말에 여인은 스스로 정체를 밝혔다.

수신호위인 이비의 기파가 사정없이 흔들리기 시작했다.

상대는 바로 당금천하에서 독보하고 있는 천하제일인이었던 것이다.

구마사 중 넷이 눈앞의 여인에게 목숨을 잃었다는 생각에 이비가 느끼는 삼엄함은 극까지 올라 검극이 부르르 떨었던 것이다.

"하하하하하! 정녕 그대가 은발연화란 말인가? 그런데 어찌하여 흑발을 지녔는가?"

검마사는 엉뚱하게 은발연화 정홍연의 머리카락 색깔

이 변한 것에 대해 질문을 던졌다.

하지만 정홍연은 그의 질문에 대답하지 않는 대신 그의 정곡을 찔렀다.

"미륭산의 달빛에 제령도가 보이지 않던가요?"

"음… 좋다. 그 물건의 이름이 제령도라면 아마도 내가 천공에게서 받은 물건이 맞을 것이다. 도대체 그것이 무엇이기에 목숨을 걸고 이곳까지 온 것이냐?"

"제령혈도(制靈血刀), 제령도는 인세에 있어서는 아니 되는 마물이에요. 난 그것을 회수하여 봉인하려고 왔어요. 지금 그것은 어디에 있나요?"

정홍연의 마음은 다급했다. 벌써 제령도의 행방을 좇은 지 오랜 세월이다.

한때는 그것의 행방을 좇아 천축까지 다녀왔다. 그리고는 한동안 마물의 기운이 사라져 찾지 못하다가 얼마 전 다시 마물이 기운을 내뿜자 그것을 좇아 이곳까지 와 지금 검마사와 만나게 된 것이었다.

정홍연은 본능적으로 제령도가 사형인 이윤의 적임을 느끼고 있었다. 사형의 적이니 자신의 적이었고, 또한 그 마기의 크기로 보건대 절대 인세에 존재해서는 안 되는 물건이 틀림없었다.

그런 만큼 제령도에 대해서만은 정홍연은 다급할 수
밖에 없었던 것이다.

하지만 그런 걸 알 리 없는 검마사는 한 번 만나 겨루
기를 경원했던 은발연화를 만나자 호승심이 끓어올랐다.

"내가 찾는 그 제령도란 물건의 행방은 나를 이겨야
만 들을 수 있다. 그래도 해보겠느냐?"

"……."

정홍연은 바로 대답하지 않았다.

이곳에 도착했을 때 제령도의 기운이 사라졌으니 그
것은 이미 제령도가 새 주인을 얻어 기운을 갈무리했다
는 의미였다. 그렇다면 새 주인이 아니, 제령도가 새 몸
에 둥지를 틀고 나서야 마기를 내뿜을 것이니 다시 기약
없는 시간을 기다려야 하는 것이었다.

그동안 모용추의 움직임으로 보건대 절대로 아무에게
나 제령도를 전했을 리가 없었다.

적어도 사형인 이윤에게 해가 될 수 있는 사람에게 제
령도를 전했을 것이 틀림없었다. 그 답을 듣고자 검마사
를 만났는데 지금 검마사는 엉뚱한 호승심으로 자신의
발목을 잡으려 하니 답답했던 것이었다.

하지만 검마사 또한 사형의 적이니 그대로 물러나는

것이 능사는 아니라는 생각에 망설이던 정홍연이 입을
열었다.

"그대 또한 사형을 마황으로 인정하지 않는군요."

밤하늘을 가르고 정홍연의 목소리가 또렷하게 들려왔
다. 그러자 검마사는 잠깐 멈칫하다가 이내 웃음을 터트
렸다.

"하하하하! 네가 소마황의 사매이니 혹 내가 이 자리
에서 무릎이라도 꿇고 절을 하기를 바라는 것은 아니겠
지?"

"물론 그런 것은 바라지 않아요. 나와 사형은 구천마
성과는 관계없는 사문에서 만났으니까요. 하지만 당신에
게서 제령도의 행방만은 꼭 들어야겠어요. 당신도 인간
이라면 나에게 제령도를 누구에게 주었는지 말해 주세
요. 마주의 마물이 세상을 어지럽힐 것이에요."

"그렇다면 힘으로 알아보아라. 이비!"

검마사는 먼저 수신호위인 이비에게 공격 명령을 내
렸다. 물론 저 여인이 은발연화라면 이비는 목숨을 잃게
될 것이다. 하지만 그렇지 않더라도 자신이 지면 이비
또한 죽을 것이기에 다른 선택의 여지가 없었다. 그들은
이미 자신과 한 몸이나 마찬가지였기 때문이었다.

쉐에에!

퍼퍼퍼퍼펑!

이비가 검을 뽑아 든 채 쏜살같이 정홍연을 향해 날아갔지만 바로 폭음과 함께 튕겨져 나가더니 땅바닥에 곤두박질쳤다.

검마사가 정홍연을 보니 흑발은 온데간데없고 은발을 흩날리며 천천히 몸을 일으키고 있었고, 미간 사이의 빛은 이제 별빛보다 강하게 반짝이고 있었다.

"하하하하! 과연 마황의 사형제들은 대단하구나. 청조각의 공명이 본회의 무사 칠백을 단신으로 무너뜨리고 벽력사태란 별호를 얻었다 하여 내 늘 너희들이 궁금했었다."

검마사는 천천히 몸을 일으키며 자신의 애병인 천수환혼검을 움켜쥐었다.

그러자 정홍연의 눈가가 파르르 떨렸다.

'저자의 목숨을 보전하면서 상대하기에는 너무 강하구나. 과연 검마사가 구마사 중 가장 강하다더니…….'

정홍연의 걱정은 검마사와의 승패가 아니었다. 검마사를 죽이면 제령도의 행방은 다시 오리무중이다. 그러니 싸우더라도 죽이지 않고 싸워야 하는데 검마사는 그럴 정도로 약하지 않았던 것이다.

"오늘에서야 내 천수환혼검을 시험할 상대를 만나는 구나. 내 늘 소마황이 그 상대가 될 줄 알았는데 너 또한 그보다 약하지 않으니 다행이다. 날 쓰러뜨리면 네가 원하는 대답을 얻을 것이요, 아니면 그 대답은 저승에서나 얻게 될 것이다."

검마사는 정홍연을 향해 한마디 내뱉고는 곧 내력을 십이성 끌어올렸다.

고수와 고수의 대결에서 두 번째란 없다는 것이 그의 평소 신념이었으니 일초에 승부를 내고자 결심한 것이었다.

검마사가 천천히 애병인 천수환혼검과 하나가 되어 가며 그 모습을 감추기 시작했다.

이에 감히 방심할 수 없었던 정홍연의 미간의 빛이 점점 밝기를 더하더니 흘러나와 다시 빛으로 육신과 같은 몸을 만들어 냈다.

원신이 발현된 것이었다.

정홍연에게 두려움 같은 것은 없었다. 원신은 어차피 부서질 수 없는 것이기 때문이었다. 물론 흩어져 다시 뭉치지 못할 수는 있었지만 정홍연이 보기에 검마사의

구천마성

내력은 그럴 정도로 용호결의 선기와 상반되는 기운은
아니었다.

무형무음(無形無音)!

아무런 느낌도 흔적도 없이 검마사의 천수환혼검의
기운들이 밀려들어 오며 정홍연의 원신을 압박했다.

그러나 강맹한 천수환혼검의 기운도 원신을 뚫지 못
하고 밀고 당기기를 거듭했다.

그리고 어느 한순간!

파파팡!

거대한 폭음과 함께 미륭산 정상으로 흙먼지가 솟구
쳐 오르더니 이내 가라앉았다.

다시 달빛에 장내의 상황이 드러났는데 두 사람 다 여
전히 원래의 자리에 그대로 선 채였다.

하지만 정홍연의 미간에서는 여전히 밝은 빛이 흘러
나오는 반면 검마사의 천수환혼검은 어디론가 사라져 보
이지 않았다.

털썩!

검마사가 무릎을 꺾으며 그대로 허물어졌다.

"과… 과연 명불허전이로다. 이… 이것이 무슨 무공
이냐?"

검마사의 입에서 가는 음성이 흘러나왔다.

"그것은 무공이 아니에요. 제령도를 누구에게 전해 주었나요?"

"무공이… 무공이 아니라고? 혁세기도… 그렇고 소마황도 그렇고 너까지 나… 날 좌절하게 만드는구나."

"그것은 그저 내가 쌓은 공의 원신이에요. 자! 제령도는 누구에게 주었나요?"

정홍연은 검마사가 제령도의 행방을 밝히지 않고 엉뚱한 소리를 하자 마음이 다급해져 재차 물었다.

검마사의 얼굴에서 회광반조를 보았기 때문이었다.

"워… 원신? 하늘 밖에 하늘이 있음을 내 이제야 알다니 살아온 세월이 허망하구나!"

"제령도를 누구에게 주었나요?"

"그 도는 가… 강, 크윽!"

검마사의 머리가 마지막 말을 내뱉지 못하고 그대로 꺾이더니 더 움직이지 않았다.

허망한 표정으로 검마사를 바라보는 정홍연의 얼굴에 달빛이 요요하게 빛나며 그늘을 만들었다.

'이를 어쩐단 말인가? 제령도가 누구에게로 갔는지 확인하지도 못했는데…….'

은발연화 정홍연은 가슴이 답답해져 왔다.

간신히 제령도의 흔적을 찾아 그걸 얻은 것으로 보이는 검마사를 만났는데 이미 제령도가 다른 사람의 손에 넘어간 것이다.

'강씨 성을 가진 자에게 넘어갔다는 말인데…….'

정홍연은 검마사가 숨을 거두기 전에 한 마지막 말을 다시 한 번 되새겼지만 뚜렷하게 떠오르는 인물이 없었다.

그녀의 주변에 강씨 성을 가진 사람이 전무했던 것이다. 그렇다면 혹시 사형의 주변에 강씨 성을 가진 사람이 있지 않을까?

'모용추는 집요하게 사형을 노리고 있으니 사형의 가장 가까운 곳에 제령도를 숨겼을 수 있다.'

생각이 거기까지 미치자 정홍연은 그 자리에 좌정한 채 사형의 주변에 강씨 성을 가진 사람이 누구일까 생각을 거듭했다.

그러다 문득 진하의 용호무관에서 보았던 어린 남매에게까지 생각이 미쳤다.

'강소현이라고 했지? 맞아! 그 아이는 분명 순음의 기를 지니고 있었어. 순음의 기와 제령도의 마기라…….'

강소현이 떠오르자 정홍연은 더 생각할 것이 없었다. 용호무관에서 사형인 이윤과 사형제가 되었으니 누구보다 가까운 사이다. 자신 또한 따지자면 강소현과 사형제이니 바로 강소현에게 제령혈도를 전해 함정을 판 것이 확실하다는 생각이 들었다.

"모용추, 이놈!"

정홍연의 얼굴에 서릿발 같은 분노가 떠올랐다.

주변을 보니 이미 검마사와의 싸움에서 생긴 폭음으로 이미 북검회의 천라지망이 펼쳐진 상태였다.

하지만 아무도 감히 정홍연에게 달려들지는 못했다.

정홍연은 천천히 은발을 흩날리며 자리에서 일어서며 싸늘한 일갈을 내뱉었다.

"오늘 내가 내 사형인 구천마황의 뜻에 따라 구중천 중 검마천의 검마사를 처단했다. 이제부터 구중천 중 누구라도 사형께 대항한다면 이와 같이 죽음을 맞이하게 될 것이다. 이 말을 살아남은 구마사들에게 전하라. 물러가라."

정홍연은 제 할 말을 남긴 채 허공으로 떠오르더니 빛살처럼 미륭산 아래로 자취를 감췄다.

북검회의 철검대 무인들은 모두 망연자실한 채 검마

사의 시신 주위에서 회주인 검마혼이 올라오기를 기다릴 수밖에 없었다.

산을 내려온 정홍연은 바로 용호결의 호흡으로 도령 일행의 행적을 찾아내고는 그들이 묵고 있는 객잔으로 들어갔다.

은발을 흩날리며 객잔 안으로 들어가자 여기저기서 경악성이 터져 나왔다.

그중 금가장의 정보망을 동원해 강소현을 찾고 있던 금인화가 객방에서 나와 있다가 한눈에 정홍연을 알아보았다.

"금인화가 황녀를 뵈옵니다."

"급히 물어볼 것이 있다."

정홍연은 금인화에게 전혀 예의를 차리지 않았다. 지금은 상황이 다급하여 이미 득도한 그녀조차도 그럴 겨를이 없었던 것이다.

금인화는 전에 이가원에서 보았을 때 그리 예의 바르던 정홍연이 갑자기 하대를 하자 순간 당황했다. 그러나 그녀의 행색으로 보아 격전을 치른 것으로 보였고, 상대가 은발연화이니 감히 불만을 토로할 수는 없었다.

“누가 이곳에 왔느냐?”

“저와 엄 대주와 서 대주, 그리고 도령 언니가 소현이와 소검이를 찾으러 왔습니다. 그런데 무슨 일이시온지?”

“도령 언니를 불러오너라. 아니다. 내가 가마.”

정홍연이 급히 객방으로 올라가자 하는 수 없이 금인화도 그 뒤를 따랐다.

정홍연이 들어서자 도령이 급히 일어서며 무릎을 꿇었다.

“도령이 황녀를 뵈옵니다.”

“언니! 어서 일어나세요.”

소식을 듣고 달려온 엄기문과 서지명도 급히 와 부복했다.

다만 강소검만이 어리둥절해 멀뚱멀뚱 서 있는 상태였다.

“소현이는 찾았습니까?”

“그걸 어찌? 아직 찾지 못했습니다. 그 일로 오신 것이라면 저희가 찾아 돌아갈 것이니 심려치 마십시오.”

“언니! 제 말을 잘 들으세요. 지금 바로 일행 모두와 본문으로 돌아가세요. 소현이는 제가 찾아 돌아갈 것이니 걱정 마시고요.”

　도령은 갑자기 정홍연이 들이닥쳐 불문곡직 돌아가라고 하니 당황해 바로 대답을 하지 못했다.

　하지만 곧 정신을 차린 도령은 바로 대답했다.

　“그리하겠습니다. 모두가 떠날 준비를 해라.”

　엄기문과 서지명도 영문을 몰라 허둥댔지만 도령의 말에 바로 객방으로 돌아가 떠날 준비를 했다.

　그 때 정홍연의 심어가 도령의 머리로 들어와 각인되었다.

　‘언니! 본문으로 돌아간 후 혹시 소현이가 혼자 들어오더라도 절대 사형의 곁에 두지 마세요. 본문에 가면 공명이 알 것이니 공명에게 의지하세요.’

　심어가 끝남과 동시에 정홍연의 신형이 흐릿해지더니 그대로 사라져 버렸다.

　갑자기 생긴 일에 한바탕 소란이 일어났지만 도령은 일행을 재촉했다. 청조각에서부터 여러 가지 일을 겪으며 용호결의 심법을 사사해 준 정홍연이 이유 없는 일을 할 리가 없었고, 이미 도의 극에 도달한 그녀가 서두르는 데는 그만한 위험이 있다는 것을 도령은 믿었다.

하지만 금인화는 그렇지 않았다.

'제가 아무리 마황의 사매라 해도 그렇지, 이 밤중에 길을 떠나라니… 별일도 아닌 것 같은데 내일 아침에 떠나면 좀 좋아?'

마음으로는 불만이 가득 찼지만 섣부르게 토로할 수는 없었다. 상대는 천하제일고수이니 할 수 없다고 생각했지만 마음속의 투기는 점점 크기를 키웠다.

그렇게 한밤중에 도령은 일행을 데리고 무한의 적연문 본문을 향해 길을 떠났다.

3.
좌우도방(左右道邦)

구천
마성

1

　이윤은 용호결의 선기로 열린 길로 천천히 발길을 옮겼다. 하지만 자신이 육신을 떠나 움직이고 있다고는 느끼지 못했다.

　길은 평탄하지 않아지더니 곧 자칫하면 목숨을 잃을 정도로 위험하게 펼쳐졌다.

　경사가 급해 한 발만 잘못 디디면 아래로 굴러떨어질 것이 뻔해 주의에 주의를 더 했지만 내려갈수록 그 경사가 급해지고 굴의 폭이 좁아지더니 더 이상 몸을 세울 수 없는 지경에 이르렀다.

위를 올려다보니 도저히 다시 올라가기는 힘들어 보였다.

그 때 이윤의 귀에 어디선가 물 흐르는 소리가 들려왔다.

'그래 아래에 물이 있는 모양이군. 일단 검으로 몸을 지탱하며 천천히 내려가 보자.'

이윤은 검으로 벽을 지탱하며 속도를 줄여 내려가 보기로 하고 바로 실행에 옮겼다. 그러나 얼마를 더 내려가자 더 이상 검으로 지탱할 힘이 없었다.

추락을 예감한 이윤이 눈을 질근 감고 힘을 빼자 몸은 그대로 아래로 떨어지더니 첨벙 하는 소리와 함께 물속으로 빠져들었다.

물속에서 눈을 뜨자 붉은색의 물고기들이 춤을 추듯이 지느러미를 흔들며 오가는 것이 보였다. 몸이 떠올라 위로 올라가 보니 흐르는 물이 아닌 작은 연못 위에 자신이 떠 있었다. 부지런히 헤엄을 쳐 위로 올라가 주위를 살피자 연못 위로 구멍이 하나 나 있었는데 자신이 내려온 구멍 같았다. 그리고 뒤를 돌아보니 대략 십 장 정도의 공간이 있었는데 그 가운데에는 하나의 바위로 된 비석 같은 것이 세워져 있었다. 가까이 가서 살펴보니 역시 석비(石碑)였다.

비석에는 연꽃 모양이 새겨져 있었고 그 위로 무언가 글씨가 새겨져 있었는데 세월이 흘러서인지 잘 알아볼 수 없었다.

이윤은 손을 뻗어 먼지를 닦고 손가락으로 확인해 가자 비문의 윤곽이 드러났다. 이윤이 비문의 글자를 읽어 보려 했지만 이윤이 아는 문자가 아니었다.

비문의 글자를 해석해 보려 애쓰던 이윤은 자신도 모르게 비를 앞에 두고 주저앉았다.

이윤이 비를 앞에 두고 주저앉은 것은 결코 자의에 의한 것이 아니었다. 비문을 읽으려는 순간 무엇에 이끌리듯이 의식이 혼미해지며 그 자리에 앉았고, 그 때부터는 이윤의 머릿속에 다른 세상이 펼쳐졌다.

처음에는 자신이 이전에 겪었던 일들이 모두 떠올랐다가 순식간에 사라지더니 이어 전혀 모르는 사람들의 모습이 떠오르기 시작했다.

군사들의 말발굽 소리며 병기가 부딪치는 소리, 울부짖으며 죽어 가는 사람들의 모습이 떠올랐는데 모든 것이 실제인 것같이 생생하여 좌정한 이윤의 눈에서는 눈물까지 흘러내렸다. 그러고도 다시 사람이며 짐승이며

산이며 들이며 온갖 것들이 머릿속을 번개처럼 스치고
지나가는데 한 번 지나간 것은 모두 기억에 생생하게 자
리를 잡아 잊혀지지 않아 다른 것을 보는 동안에도 여전
히 그대로 기억되고 있었다. 얼마의 시간이 흘렀을까?

이윤은 시간이 많이 흘렀다는 생각이 무의식중에 들
었다. 그러자 부모님의 원통한 죽음을 풀어야겠다는 생
각이 강렬하게 떠올랐지만 그 생각들은 떠오르는 영상들
에 밀려 다시 사라져 가고 있었다. 그러자 이윤은 그 끈
을 잡고는 놓지 않으려 애썼다.

이윤의 비원(悲願)은 의외로 강했다.

머리에 각인된 어머니와 아버님의 죽음이 더욱 강렬
해지고 있었다.

그 때였다.

갑자기 다시 눈앞의 풍경이 바뀌더니 먼발치에 어린
소년이 나타났다.

이윤은 자신도 모른 채 소년을 향해 천천히 걸어갔다.

"몇 살이냐?"

"세 살이에요."

"세 살?"

이윤은 적어도 일곱 여덟은 되었으리라 생각했는데

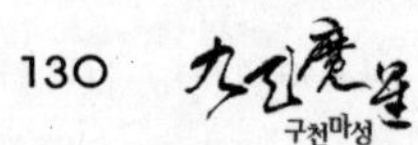

소년은 자신의 나이를 세 살이라고 말했다.

"세 살 때부터 그대로란 말이에요."

"뭐가 그대로란 말이냐?"

"전 세 살 때부터 글을 읽었어요."

간혹 뛰어난 아이들은 세 살 때부터 종종 글을 읽는다. 흔한 일은 아니었지만 그렇다고 해서 없는 일도 아닌 것이다.

"아주 영특하구나."

"글만 읽은 것이 아니에요."

"그래? 그럼 또 뭘 할 수 있었느냐?"

"새나 짐승과 말도 할 수 있었어요. 그리고 다른 나라 사람과도 마음대로 말을 할 수 있었고요."

"새와 짐승과 말을? 좋다. 그럼 어느 나라 사람들과 이야기를 나누었느냐?"

이윤은 어린 녀석이 거짓말도 잘한다고 생각했지만 그렇다고 해서 야단을 치지는 않고 다시 질문을 했다.

자신이 왜 이 아이와 계속 이야기를 나누는지도 알 수 없었지만 저절로 질문이 나왔다.

"아저씨와도 지금 이야기를 나누고 있잖아요."

"나와? 그렇다면 넌 중원인이 아니란 말이냐?"

"이제야 눈치를 채셨네요. 전 중원인이 아니에요."

"그렇다면 어느 나라 사람이냐?"

"전 백두산 아래에 있는 나라에서 왔어요. 중원인들은 장백산이라고 하지요."

"이제 보니 넌 고려인이로구나. 그런데 그 먼 길을 혼자 왔단 말이냐?"

"사람은 홀로 태어나서 홀로 죽고 다시 흩어져 다시 홀로 태어나는 것이에요."

소년, 아니 아이의 말에 이윤은 입을 다물었다.

아이의 말을 전혀 믿을 수가 없었기 때문이었다. 고려에서 이곳까지의 거리가 얼마인데 어린아이가 홀로 이곳까지 온단 말인가?

"녀석, 농담도 잘하는구나. 그래 네 이름은 무엇이냐?"

"내 이름은 렴(磏)이에요."

"그럼 성은?"

"정(鄭)이에요."

"정렴이라? 좋은 이름이구나."

"하지만 중원사람들은 날 다른 이름으로 불러요. 친구도 그렇고요."

“중원에 와서 친구를 사귀었구나? 그래 친구는 널 뭐라고 부르느냐?”

“날 정태고라고 불러요.”

“정태고?”

“그럼 친구의 이름은?”

“친구의 이름은 혁세기예요. 그러니 이제부터 날 잘 따라오세요. 절대 질문을 해서는 안 돼요. 만약을 대비해서 혈을 제압했어요. 자칫하면 이곳에서 먼지처럼 흩어져 버릴지도 모르니 말이에요.”

이윤은 그 순간 멍해졌다.

정태고, 혁세기!

이 이름이 어떤 의미인가?

정태고는 구천마황 혁세기와 친우가 된 적연문의 사조다.

더구나 저 어린아이가 어떻게 구천마황의 이름을 아무렇지도 않게 부른단 말인가?

“애야! 거기 서거라. 거기서!”

이윤이 고함을 쳤지만 소년은 듣지 못한 듯 그저 걸음을 옮기고 있었다.

기가 막힌 이윤은 잠시 멍하니 서 있다가 소년의 모습

이 너무 멀어져 가자 황급히 그 뒤를 따랐다.

이윤이 사력을 다해 걸었음에도 소년과의 거리는 좁혀지지 않았다.

경공을 시현해 보려 내공을 끌어올려 보았지만 용호결의 선기가 전혀 느껴지지 않았다. 내공이 느껴지지 않아 당황했지만 기이하게도 소년을 놓쳐서는 안 된다는 생각에 이윤은 기를 쓰고 걸었다.

한참을 그렇게 가다 보니 거대한 연못가를 지나 정자 하나가 놓여 있었는데 소년은 그곳에 도착하자 비로소 걸음을 멈추었다.

이윤이 소년에게 질문을 하려 하자마자 어디선가 낯선 음성이 흘러나왔다.

음성이 흘러나온 곳은 바로 정자 위였다.

소년이 정자 위를 오르자 이윤도 천천히 정자 위를 올랐다.

정자 위에는 처음 보는 복색을 한 네 명의 노인이 앉아 대화를 나누고 있었다.

"좌도방에서 이 일을 어찌 처리할지 궁금하오. 자고로 오행의 기운을 다루는 비술은 그 간 도문에서 금기로 여겨져 왔

소. 그런 비술을 어찌 다루었기에 그것이 인세에 나갔단 말이오?"

"우사께 할 말이 없소. 우리 좌도방에서 생사금침을 지닌 제자를 보내었으니 곧 오행의 기운을 회수할 수 있을 것이오. 그러니 우사께서는 좌도방에 기회를 주시오."

"좌사의 말씀을 못 믿겠다는 것이 아니오. 하지만 오행의 기운이 혹여 인세에 피를 뿌릴까 걱정이오. 더구나 생사금침이라니요? 그 또한 함부로 나가서는 안 될 물건이 아니오?"

"하지만 오행의 기운을 제압할 기물은 생사금침이 외에는 없지 않소?"

"허! 도방의 기물들이 세상으로 나가지 못하게 하라는 조사의 유훈이 내 대에 와서 깨지다니……."

"너무 걱정 마시오. 곧 소식이 있을 것이오."

이야기를 나누던 노인들은 거기에서 말을 멈추더니 갑자기 흔적도 없이 사라져 버렸다.

이윤이 황당하여 소년을 보자 소년이 씩 웃으며 이윤을 향해 말했다.

"한 사람은 우도방의 우사라고 하고, 다른 사람은 좌도방의 좌사, 혹은 풍백라고 불러요. 저 두 사람과 운사를 합해 삼신이라고 부르죠. 삼신 중 운사는 세상에 나오지 않아요."

소년의 말에 이윤이 질문을 하려 했지만 입이 열리질 않았다.

"궁금한 것은 많겠지만 참아요. 알기 싫어도 곧 알게 될 것이니 말이에요."

그렇게 다시 이윤을 앞서 소년은 걷기 시작했고 이윤은 울며 겨자 먹기로 그 뒤를 따랐다.

걸음을 걸을 때마다 바람이 휙휙 지나가면서 주변의 풍경이 빠르게 바뀌었다.

비가 오는 것 같다가, 눈이 오는 것도 같았고, 꽃이 만발하였다가도 다시 황량한 들판이 보이기도 했다.

그러다 이번엔 동굴 안으로 들어가자 다시 네 사람이 모여 대화를 나누고 있었다.

"생사금침을 가지고 산을 넘어간 좌도방의 제자가 돌아오질 않은지 벌써 백 년이 더 흘렀소. 오행의 기운은 물론이요, 생사금침마저 그 행방이 묘연하오. 조사께서 말씀하시길 두 가지 신물은 수행을 돕는 도구요 인세에 나가서는 안 된다는 유지를 남기셨는데 지금에 와서 두 가지 신물이 모두 세상에 나가고 말았소. 이러고도 좌사께서는 할 말이 있소?”

“우사께 할 말이 없구려. 이제 우리 좌우도방이 간신히 그 명맥만을 간신히 유지하고 있으니 더는 어찌해 볼 방법이 없구려. 이 일을 운사에게 맡기는 것이 어떻겠소.”

“운사가 존재하고 소멸하는 것이 몇 백 년이 될지 몇 천 년이 될지도 모르는데 그 오랜 세월 동안 오행의 기운과 생사금침의 기운이 풀리지 않으리라는 보장이 없질 않소?”

“두 기물이 모두 선계의 물건이니 인간이 쉬이 그 비밀을 풀지는 못할 것이오. 그러니 일단 운사에게 이 일을 맡기면 세월이 흐르더라도 해결되지 않겠소?”

“으음! 이제 좌우도방에 선계에 들지 않고 남은 사람이라곤 우리들밖에는 없소. 우리야 선계에 들면 그만이지만 저 기물들이 일으킬 혈란을 어찌한단 말인가?”

“어찌 되었든 그래도 우리의 일맥들은 살아 있으니 언젠가는 운사도 분명 인세에 나올 것이오. 그러니 그리 부적을 만듭시다.”

“하는 수 없지요. 그리합시다.”

노인들의 대화는 다시 그렇게 막을 내렸고 사라졌다. 이번에도 소년의 설명이 이어졌다.

“저 때 좌우도방의 직계가 끊겼어요. 이후로도 좌도
방과 우도방이 있기는 했지만 적통이라고 보기에는 무리
가 있지요. 거의 모든 선법들이 자취를 감추었으니까요.
그리고 저 두 분의 바람과는 다르게 오행의 기운과 생사
금침의 막강한 힘이 일부 풀렸어요. 중원사람들은 그 둘
을 오행혈마공과 옥마불이라고 불렀지요. 오행혈마을 푼
자는 그것을 일부만 얻은 후 잘못 풀어 혈마가 되었고,
생사금침이 든 옥마불은 한 살수의 손에 들어가게 되었
어요.

    ‘그럼 옥마불과 무명의 살수라는 사람이 동일 인물이
었단 말인가?’

    이윤은 놀라운 소년의 말에 모든 다른 생각을 잊고 흥
미가 동했다. 그걸 아는지 소년은 계속해서 설명을 했
다.

    “정확히 말하자면 밤에는 기운을 다스리지 못해 살수
가 되었고, 낮에는 기운을 다스려 옥마불이라 불린 것이
지요. 두 가지 기운은 서로가 상극이라 어쩔 수 없이 항
상 부딪칠 수밖에 없었어요. 하지만 누구도 그 싸움에서
승리할 수 없었지요. 모두 자신들이 얻은 것의 일부조차
도 제대로 얻지 못했으니 그럴 수밖에요. 그런데 그 이

후 놀라운 일이 일어나요."

놀라운 일이란 말에 이윤이 눈을 크게 뜨자 소년은 다시 손짓을 하더니 발걸음을 옮겼다.

이번에도 주변의 풍물이 변했고 이어 어두운 동굴이 나타났다. 그리고 몇 걸음을 더 걷자 이십 대로 보이는 청년이 동굴 속에서 좌정한 채 앉아 있었다.

이윤이 자세히 청년의 얼굴을 살펴보니 어디선가 본 것 같은 낯이 익은 얼굴이었다. 누구일까 곰곰이 생각하던 이윤의 안색이 급격하게 굳어졌다.

'구천마황 혁세기! 저 청년이 내 사부란 말인가?'

정말 믿기지 않는 일이 계속되고 있었다.

"맞아요. 저 청년이 바로 혁세기예요. 혁세기 이전의 일들도 다 알아야 하겠지만 그렇게 하기에는 시간이 별로 없어서요. 지금 혁세기는 오행의 기운을 새롭게 조합해서 마기를 제어하는 무공을 창안하는 중이에요. 저걸 아마 오법칠련이라고 부른다지요? 오욕과 칠정을 죽여 인성을 모두 없애야 얻을 수 있는 비술이니 저런 고통을 자초하고 있는 것이에요. 거의 대다수는 수련을 진행하다가 죽어 버렸지만 혁세기만은 살아남았지요."

스쳐 지나가는 장면들은 가히 놀라운 광경들이었다.

살이 찢겨져 나가고, 뼈가 부스러지는 고통을 참아내
는 혁세기의 모습은 가히 인간이 아니었다.

나신으로 춤을 추는 여인들의 환영 앞에서 혁세기는
꿋꿋하게 음욕을 견디어 냈고, 독 중의 독이라는 무형지
독을 스스로 마시고도 살아남았던 것이다.

그렇게 오법칠련을 완성한 혁세기는 오행의 기운들을
다스려 천지일기공이라는 새로운 심법을 만들어 갔다.

그리고는 마침내 세상으로 나가는 장면까지 이윤의
눈에 여과 없이 스쳐 지나갔다.

그다음은 이윤도 아는 내용이었다.

그렇게 구천마성이 만들어지고 모용추가 그의 곁에서
음모를 꾸미고 지금의 자신이 있는 것이었다.

모든 장면이 사라지자 소년은 다시 걸음을 옮겼다.

그리고는 이윤이 발을 들인 죽림이 나타났고, 이어 아
버지 이문엽과 어머니 모용설란의 모습이 나타났다.

이윤의 눈에 그리움의 눈물이 흘렀다. 아버지와 어머
니의 모습을 보니 이것이 꿈인지 생시인지 분간이 가질
않았다.

"모든 일에는 인과가 있어요. 하지만 정말이지 이문
엽이란 사람, 바로 당신의 아버지가 이곳에서 묵죽을 얻

게 된 것은 우연이에요. 절대 일어나서는 안 되는 일이 일어난 것이지요."

소년의 말에 이윤이 정신을 차렸다.

"아마도 그대의 아버지인 이문엽이 맑은 선기를 선천적으로 타고났었던 것 같아요. 바로 나처럼 말이에요. 그대의 사매 또한 그렇고요. 아무튼 취중에 내가 남겨 놓은 표식을 그대의 아버지가 만지는 순간 진이 열렸고 하필이면 그대의 아버지는 그것을 잊지 않았지요. 천문과 지리에 이미 해박했으니 나중에 묵죽을 가져갈 때도 그걸 기억한 것이고요."

이윤은 소년의 말이 쉽게 수긍이 가질 않았다.

그런 우연이 어찌 있을 수 있단 말인가?

"우연이란 수많은 우주의 기운들이 이리저리 얽히다 보면 자주 일어나는 것이에요. 사람들은 그것을 마치 무슨 신의 계시인 양 말들 하지만 그건 정말이지 그저 우연이지요. 내가 남겨 놓은 수로에서 그대가 혁세기의 무공의 파훼법을 얻은 것도 바로 그런 우연이랍니다. 그건 그대의 의지, 아니지 원한의 기운이 그걸 이룰 수 있는 것을 찾다 만나게 된 우연이랍니다."

소년의 설명이 이어지자 이윤은 조금은 수긍이 갔다.

"자, 이제 원래의 자리로 돌아가 볼까요? 우린 둘 다 같은 목적을 가지고 있으니 말이에요. 난 생사금침과 오행의 기운을 인세에서 회수해야 하겠고, 그대는 원한을 갚고 싶지요?"

이윤은 그렇다고 말하고 싶었다.

하지만 여전히 입이 열리질 않았다.

그렇게 다시 걸음을 옮겨 원래의 자리로 돌아오자 비로소 입이 열렸다.

"그렇다면 당신이 적연문의 조사이신 정태고란 말입니까?"

여전히 자신이 겪은 일들이 사실이라고 믿기 어려운 이윤이 입을 열었다.

"그래요. 내가 정태고, 아니 정렴이랍니다. 그리고 그 당시 도방의 운사가 바로 나지요. 하지만 그렇다고 해서 내가 그대의 조사는 아니에요. 적연문이란 문파도 정중산이란 사람이 내 심득을 조금 얻은 후 지어 만든 문파고요."

"그렇다면 지금 내 사부이신 분은 어디에 계십니까? 이승을 떠나셨습니까?"

이윤은 잘 이해가 가질 않았지만 우선은 사부인 혁세

기의 행방을 물었다.

그러자 소년, 아니 운사 정렴이 대답했다.

"그것이 참 어려운 일이에요. 혁세기란 사람은 참 지금 생각해도 신비한 인물이지요. 도방의 비술로도 그를 꺾을 수가 없었으니 말이에요."

"그 말씀은 두 분의 대결에서 승부를 가리지 못했단 말씀이신가요?"

"그래요. 혁세기는 자신이 패했다고 말을 했지만 그건 착각이에요. 단지 내가 그에게 지지 않았을 뿐이지 나 또한 그를 어찌할 수 없었어요. 그리고 그것이 오늘의 모든 비극을 만들었지요."

"……."

이윤은 방금한 운사 정렴의 말이 이해가 가질 않았다.

"이기는 것과 지지 않는 것은 다르지요. 난 세월을 거슬러 이곳에 와서 혁세기를 만났어요. 그런 강한 인간은 처음 만났지요. 그리고 그의 힘이 바로 오행의 기운에 의한 것임을 알았지요. 그를 이길 수 없었던 난 일단은 그에게 금제를 가하기로 했고, 그래서 나와의 대결이 일어났던 것이에요. 그때만 해도 난 혁세기가 그렇게 세외에서 생을 그대로 마감할 줄 알았어요. 그런데 그는 그렇지 않았지요."

잠시 말을 멈춘 소년, 아니 운사 정렴은 곧 다시 말을 이었다.

"구천마성이란 곳에 칩거한 그는 먼저 생사금침을 찾았어요. 그러다 생사금침 중 사침(死針)이 형태를 바꿔 천축의 사찰에 보관되어 있다는 것을 알았지요. 아마 그것을 지금은 제령도, 혹은 제령혈도라고 부른다더군요."

이윤은 운사 정렴의 말에 바로 그것이 사매 정홍연이 말한 마물임을 알아챘다.

"조용히 구천마성을 빠져나간 혁세기는 천축으로 가 생사금침 중 사침을 얻었지요. 그리고 나를 이기기 위해 자신의 모든 내공과 혼을 사침에 넣어 버렸어요. 그렇게 혁세기의 육신은 사라졌지만 그의 혼과 힘은 고스란히 사침에 담긴 채 끊임없이 내 흔적을 찾아다녔답니다. 인간으로서 어떻게 그런 호승심을 가질 수 있는지 지금도 난 이해가 가질 않아요."

"그렇다면 이 모든 일이 바로……?"

"그래요. 원인은 좌우도방의 기물에서 시작되었지만 그대의 비극은 모두가 바로 혁세기가 나를 이기고자 하는 호승심으로 벌인 일이라 할 수 있지요."

 구천마성

“그렇다면 무죽림주 모용추는요? 그가 원흉이 아니란 말씀입니까?”

“원흉이라……. 모용추란 인간도 관여가 된 것은 사실이지요. 하지만 그가 자신을 어떻게 생각하던지 결국은 혁세기라는 불세출의 인간이 얻고자 하는 것을 대신하는 꼭두각시에 불과하지요.”

“……”

이윤은 입을 다물었다.

무엇을 말할 수 있단 말인가? 자신이 사부라 믿고 의지한 구천마황 혁세기가 자신이 받은 고통을 모두 만들어 낸 장본인이라는데 할 말을 잊을 수밖에 없었다.

“마음은 이해가 가지만 시간이 많지 않아요.”

이윤이 충격에 빠져 정신을 놓으려 하자 운사 정렴은 바로 그 끈을 잡아냈다.

“그 사침, 제령도를 잠재워야 혁세기가 소멸해요. 생사금침의 사침은 오직 생침으로만 균형을 이뤄요. 그 생침은 이미 그대의 사매가 그대의 몸속에 넣어 놓았어요.”

“그렇다면 내가 제령도를 잠재울 수 있단 말입니까?”

“아니지요. 사침의 기운과 대적할 수 있다는 말이지

요. 혁세기의 오행의 기운은 그리 만만한 것이 아니에
요. 그대와 그대의 사매, 그리고 육신통을 지닌 자가 힘
을 합하면 제령도를 완전히 소멸시킬 수 있을 것이에
요.”

그렇단 말인가?

혼자 힘으로는 여전히 아무것도 할 수 없단 말인가?
육신통이라면 공명을 말함이다. 곧 자신과 정홍연, 그리
고 공명까지 모든 것을 걸어야 이 일을 완전히 끝낼 수
있다는 말이었다.

이윤의 마음을 아는지 측은하게 바라보던 운사 정렴
이 말했다.

“사람이 삶을 살아가는 것은 스스로의 의지에 의함이
에요. 그대는 그대의 사매들이 그대를 위해 희생한다고
생각할지 모르지만 그것은 어디까지나 자신들의 의지로
하는 일이에요. 마치 자신의 의지가 있어야 혁세기도 자
신의 일을 대신할 사람을 선택할 수 있는 것처럼 말이에
요.”

이윤은 아무 말도 하지 않았다. 하지만 개의치 않고
운사 정렴은 말을 이었다.

“난 그대의 몸에서 생침을 뽑아 낼 수 있는 심법을 하

나 알려 줄 것이에요. 무공이라고 생각하면 그리 쓸 수
도 있고, 아니라면 아닐 수도 있겠지요. 하지만 생침을
뽑아내어 쓰고 나면 그대는 용과 호의 기운을 모두 잃게
돼요. 그러니 반드시 사침을 상대해야 할 때만 쓰길 바
래요. 모든 것은 어떻게 생각하든지 그대의 의지에 담겨
있어요.”

　말을 마친 운사 정렴은 천천히 일련의 법문들을 불러
냈다. 그 법문들은 허공을 떠돌다 하나씩 이윤의 미간으
로 흘러들어 갔다. 법문들이 하나씩 사라져 갈 때마다
석동 안에 만들어졌던 이공간이 점차 닫혔고, 마지막 법
문이 이윤의 미간으로 빨려 들어가자 곧 아무 일 없었다
는 것처럼 이윤은 처음처럼 좌정한 채 눈을 떴다.

2

　황급하게 야밤에 길을 나선 도령과 일행은 행보를 서
둘렀다. 도령은 정홍연의 당부에서 이 일이 긴급하다는
것을 알아채고 신속하게 움직였다.

　행로를 서두르다 보니 불편한 것이 한둘이 아니었다.
하지만 복잡한 관도나 도시를 멀리하며 낮에 숨어 자고

밤에는 행군하기를 거듭해 일단 정주를 한참 벗어날 수 있었다.

출발을 하면서도 도령은 행로를 직선거리가 아닌 우회로를 선택했는데 그 선택이 옳았는지 아무런 방해 없이 무한으로 향할 수 있었다.

그러나 금인화는 일행의 행로가 직선거리에서 너무나 길어지는 것에 적지 않은 불만을 토로했다. 더구나 삼사일에나 한 번씩 객잔을 이용하니 불편하기가 그지없어 때로는 여과 없이 불만을 토로하기도 했다.

그러나 도령은 전혀 개의치 않고 일행을 이끌고 무한으로 향했고, 독고영경도 묵묵히 따르니 더 불만을 토로할 수는 없었다. 그러던 일행은 뜻하지 않은 사태를 만나게 되었다. 그것은 일행 중 서지명을 아는 사람을 만나게 되면서부터였다.

"서 사제! 어딜 그리 급하게 가시는가? 듣자 하니 정주까지 왔었다고 하던데 사문 근처를 지나면서 그래 장문인과 사부님께 인사도 드리지 않고 그냥 가시려나? 무슨 큰 죄를 지었길래 그리 꽁무니가 빠지도록 내빼는가?"

서지명과 일행은 그 자리에서 멈춰 섰다. 서지명이 어

둠 속에서 안력을 높여 보니 바로 전에 몸담았던 사문인 화산파의 대사형인 악성추와 다른 사형들이었다.

[제가 처리하겠습니다.]

서지명은 황급히 도령에게 전음을 보낸 후 앞으로 나섰다.

"대사형! 간만에 뵙습니다."

서지명이 검을 잡은 손을 앞으로 모으며 예를 취했다.

"그만두게나. 우리는 서로 예의를 차릴 사이가 아니지 않는가?"

뜬금없는 악성추의 말에 조금 둔한 서지명은 어리둥절하며 물었다.

"대사형! 무슨 말씀이신지요?"

"하하하하! 시간이 가도 자네의 아둔함은 나아지지 않는구먼!"

악성추의 말에 엄기문이 서지명에게 전음을 보냈다.

[서 대주! 아무래도 화산파에서 우리에게 적의를 가지고 있는 것 같습니다. 조심해야겠소.]

엄기문의 말을 들은 서지명은 '그래도 사형인데' 하며 악성추를 바라보았다.

"이번엔 묻지 않는구만! 네가 자네의 아둔함을 깨우

쳐 주지. 얼마 전 정주에서 큰일이 있었다네. 정주가 어딘가? 현 무림을 양분하고 있는 북검회의 본회가 있는 곳이 아닌가? 아무튼 그곳에서 큰일이 있었다는군."

"큰일이라니요? 그게 무슨 말씀이신지요?"

"이 사람 여전하군. 그 일을 벌인 자네가 더 잘 알지 내가 어찌 더 상세히 알 수 있겠나?"

순간 서지명의 안색이 창백해졌다. 사문의 대사형이 지금 자신과 동료들에게 적의를 드러내고 있는 것이었다.

"대사형! 제가 정주에서 잠시 오대세가의 사람들과 다툰 적은 있습니다. 하지만 그것 때문에 본산의 대사형께서 속가인 절 징치하러 나오신 것은 아니겠지요?"

"허! 이 사람, 여전히 엉뚱하군. 자네는 내가 오대세가의 뒤나 닦고 다니는 사람으로 보이나?"

"그것이 아니라면 제가 사문에 무슨 잘못을 저질렀겠습니까? 맹세코 전 그런 일이 없습니다."

서지명은 완강히 자신은 잘못이 없노라고 말했다. 그것을 지켜보는 도령과 엄기문은 물론이고 금인화까지도 울화가 치밀어 올랐지만 억지로 화를 참고 있었다.

그런 모습을 빙글거리며 바라보던 악성추가 다시 입

을 열었다.

"자네는 본산 소식에 영 관심이 없는 모양이군. 이번에 장문인께서 화산파를 위해 결단을 내리신 것을 모르는가?"

"결단이라니요?"

"사람하곤. 우리 화산파의 앞날을 위해 장문인께서 이번 영웅대연을 기점으로 해서 북검회와 동맹을 맺기로 하셨다네. 본파의 제자라는 사람이 그것도 모르고 있었단 말인가?"

"그런 일이 있었단 말입니까? 하지만 전 북검회에도 별로 잘못한 일이 없는데요?"

서지명은 속으로 열불이 났지만 불필요한 충돌은 막아 보려 억지로 공손하게 말을 했다.

서지명의 집안은 구천마황대의 일가이기도 했지만 중원에서는 화산파의 속가로 행세를 해왔었다.

어릴 적 서지명은 한동안 화산파의 제자가 되기를 소망했었던 적도 있었다.

모두가 손가락질하는 마도로 사느니 정파의 한 축인 화산파의 제자로 협의를 행하고 싶다는 꿈을 꾸었던 것이다.

　하지만 정작 화산파의 속가제자에게는 그럴 만한 무공조차 주어지지도 않았다.

　화산파에서는 속가제자들이 얻을 수 있는 무공을 이십사수매화검법까지로 정해 놓고 그것을 지켰던 것이다.

　그러다 아버지를 따라 구천마성에 한 번 다녀온 후로는 화산파의 무공으로 강호에서 성공하려던 꿈을 접었다.

　그가 본 구천마황대는 하늘 밖의 하늘이었던 것이다.

　또 자질이 뛰어났던 서지명은 본산 제자들에게 있어 시기의 대상이 되기도 했었기에 화산파의 모든 제자들이 속가인 서지명을 알고 있었던 것이다.

　"그런데 얼마 전 누군가 아마도 북검회에 침투해 감히 태상회주를 도발한 모양이더군. 그래서 영웅대연도 모두 무산되고, 북검회와 결맹한 모든 문파가 지금 그 적들을 쫓게 되었다네. 그런데 말일세. 내 어쩌다 들었는데 자네가 그때 하필이면 정주에 묵었었고 아마도 마교의 흑월화와 북검회의 적인 산동검귀도 목격되었다지?"

　서지명은 악성추의 말을 다 듣고 나서야 이미 자신들의 정체가 대부분 알려졌음을 깨달았다.

특히 산동검귀로 불리는 엄기문은 이미 북검회와 남도천의 수배명단에 오른 지 오래였으니 다른 변명이 필요하지 않았다.

이미 일이 그르쳐졌다고 판단한 서지명이 악성추에게 말했다.

"호! 그런 일이 있었습니까? 그래 검마사는 어찌 되었답니까?"

서지명은 은근히 호기심이 생겨 검마사의 안위를 물었다. 황녀 은발연화가 다녀갔으니 아마도 검마사는 그녀를 만났을 것이 확실했다.

은발연화와 검마사가 붙었는데 검마사가 살아 있다?

그건 서지명으로서는 믿기 어려운 일이었던 것이다.

"하하하하! 당금 무림에 태상을 어쩔 수 있는 자가 어디에 있겠는가? 죽은 소마황이 살아 돌아온다면 모를까?"

악성추가 천천히 검을 뽑아 들며 말하자 서지명이 고개를 돌려 도령을 바라보았다. 그러자 도령이 일행 모두에게 전음을 보냈다.

[우리가 떠나던 그날 밤 큰 황녀께서 검마사를 제거하셨어요.]

전음이 전해지자 일행 모두가 크게 놀랐다.

그리고 그제야 서둘러 정주를 벗어난 이유를 알아챘다. 오로지 독고영경만이 빙긋이 웃을 뿐이었다.

'그럼 그렇지. 북검회 놈들이 검마사가 죽은 것을 숨기고 복수에 나선 것이로구나.'

서지명은 바로 상황을 알아차리고는 고개를 돌리더니 검을 뽑았다.

"진즉에 그럴 것이지. 그럼 얼마나 솜씨가 늘었는지 볼까?"

악성추는 서지명에게 당연하다는 표정으로 한마디 하더니 갑자기 달려들었다.

이십사수매화검법(二十四手梅花劍法) 중 매화혈우(梅花血雨)의 수법이었다. 그것은 이십사수매화검법의 초식 중 일격필살의 초식이기도 했다.

서지명은 이 상황이 당연하다고 받아들여지면서도 왠지 모르게 억울했다. 아무리 상황이 이리되었다 해도 사제인 자신을 향해 살수를 펼치다니!

악성추의 검을 피해 낸 서지명은 악성추에게 분노한 목소리로 말했다.

"대사형! 저를 죽이시려 하십니까?"

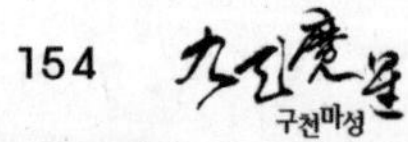

“어허! 대사형이라니? 누가 들으면 화산제자 모두가 자네와 작당하여 북검회의 공적이 된 줄 알겠네.”

악성추는 연이어 사형제들 중 자신만이 입문한 칠절매화검(七絶梅花劍) 중 매영난세(梅影亂世)를 펼치며 말했다.

“자네가 이것도 피하면 우린 여기서 돌아가지!”

악성추의 말에 서지명은 눌러두었던 감정이 폭발했다. 칠절매화검을 펼치는 것은 일대제자에게는 그냥 죽으라는 것이나 마찬가지였다.

자신에게는 크게 위해가 되지는 않았지만 저런 자를 사문의 대사형이라고 모시고 지내는 동료들이 안타까웠다.

“대사형이 이리 나오니 나 역시 그냥 죽을 수는 없구려!”

서지명은 바로 자신이 펼치던 이십사수매화검법을 거두어들이고 가문에 전승되는 섬뇌검을 전개했다.

허공을 수놓던 매화가 갑자기 사라지고 번개가 번쩍이더니 악성추가 복부를 움켜잡고는 뒤로 나가떨어지며 비명을 내질렀다.

“크윽!”

　　악성추는 간신히 몸을 일으키더니 서지명을 노려보며 말했다.

　　"네놈이 어디서 악독한 마공을 배워 익혔구나!"

　　서지명이 대답했다.

　　"그것은 마공(魔攻)도, 사공(邪攻)도 아닌 우리 가문에 전해지는 검법이오."

　　"어디서 그런 거짓말을! 너희들은 무엇 하느냐 어서 저놈을 잡아라!"

　　악성추가 같이 온 사형제들에게 소리치자 다른 화산 제자들은 어쩔 수 없다는 듯이 검을 뽑아 들더니 서지명에게 다가섰다. 엄기문이 서지명을 도와 나서려 할 때 갑자기 노기에 찬 호통이 터져 나왔다.

　　"멈추지 못하겠느냐!"

　　웅후한 내공이 실린 목소리가 터지더니 장내에 수십 명의 사람들이 내려섰다.

　　"장문인을 뵙습니다."

　　"장문인을 뵙습니다."

　　서지명을 공격하려던 일대제자들이 모두 검을 거두고는 부복했다.

　　나타난 자는 바로 화산파의 장문인 매화신검 악천군

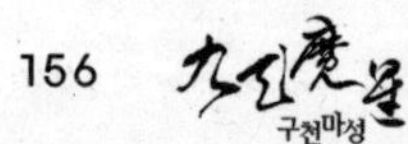

이었다.

악천군을 발견한 서지명은 천천히 검을 내렸다.

함께 온 인물들 중 자신에게 이십사수매화검법을 사사한 악명춘과 자신을 연모해 온 악교연을 발견했기 때문이었다.

"너는 진정 본파의 제자이냐?"

악천군이 서지명을 바라보며 물었다. 그러자 서지명은 망설임 없이 대답했다.

"제가 화산파의 속가제자였던 것은 사실입니다. 하지만 제게는 다른 사문이 또한 있으니 오로지 화산파를 따를 수만은 없습니다."

묵묵히 서지명의 말을 듣던 악천군이 다시 입을 열었다.

"너는 본파에서 자신의 사형제에게 위해를 가하는 자를 어찌 벌하는지 알겠구나?"

"예, 알고 있습니다."

서지명이 대답하자 악천군은 서지명의 사부인 악명춘에게 고개를 돌리며 명을 내렸다.

"속히 시행하라!"

"장문 사형, 어찌 제 손으로……."

"아버님! 제발!"

악교연과 악명춘이 악천군 앞에 무릎을 꿇었다. 화산의 문규에 사문의 존장이나 사형제에게 위해를 가하는 자는 무공을 폐함과 동시에 파문하도록 되어 있었다. 일이 이상하게 돌아가자 지금껏 말이 없던 독고영경이 앞으로 나섰다.

"장문인을 실로 오랜만에 뵙습니다."

"그대는 누구신가? 난 사문의 일로 다른 사람들과 교류를 나눌 시간이 없다네."

악천군은 교묘하게 이 일이 서지명과 화산파와의 문제이지 다른 사람이 나설 일이 아니라고 말하며 명분을 세우고 있었다.

"그렇다면 정도맹과 마도련이 결맹하면서 맺은 약속으로도 안 될런지요."

"마도련? 그대는 마도련의 사람인가?"

"세월이 지나 절 못 알아보시는군요. 전에 아버님과 함께 잠시 뵌 적이 있었지요. 독고영경이 화산장문 매화신검을 뵈옵니다."

"독고영경? 그때 그 여아, 아니지 공녀란 말인가?"

악천군도 당황한 기색이 역력했다.

화산파의 인물들도 모두 놀랐지만 정도맹이나 마도련에 속해 보지 않은 도령과 엄기문은 이런 일들이 왠지 모르게 낯설었다.

도령은 그저 안 되면 모두 베고 가자라고 생각하고 있었고, 엄기문 또한 그랬다.

하지만 독고영경이나 금인화는 달랐다. 이미 정도맹과 마도련이 공존하던 무림에서 이름을 알렸던 두 사람에게는 익숙한 상황이었던 것이다.

어린 강소검만이 이게 꿈인가 생신가 하는 표정으로 눈을 크게 뜨고 말로만 듣던 고수들을 곁눈질하고 있었다.

"소녀 금인화도 화산장문인께 인사드립니다."

"하하하하! 이제 보니 금봉도 여기 있었구나. 이게 다 어찌 된 일이란 말인가?"

악천군은 크게 웃으며 호탕하게 말했지만 속으로는 난감하기 그지없었다.

하지만 악천군의 계산은 오래가지 않았다. 정마의 결맹은 이미 빛을 바랜 지 오래였으니 말이다. 정도맹조차도 이미 서로 길을 달리하기 시작한 가운데 언제든 적으로 돌변할 수 있는 마교와의 체면치레를 하기에는 지금의 일이 급박했다.

지금은 북검회에 공을 세워 천하를 양분하고 있는 세력에 동참하는 것이 화산의 앞날에 훨씬 더 이익이라고 판단한 것이었다.

금가장 또한 마찬가지였다.

무림에서는 돈보다는 힘이 먼저였으니 말이다.

"내 오늘 공녀와 금봉을 만난 것은 반가운 일이나 오늘의 일을 두 사람의 얼굴을 보아 넘기기는 어려울 것 같네. 사안이 워낙 위중한지라 일단 저 아이를 본파로 데려가야겠네."

그래도 한 걸음 물러서 서지명만을 데려가겠다고 말한 것은 서지명을 통해 일의 전모를 알아내고 그 후에 행동을 취하자는 생각에서였다.

그러자 독고영경은 악천군에게 전음을 보냈다.

[북검회에서 사실을 말하던가요?]

독고영경이 갑자기 전음을 보내자 악천군은 의아했지만 혹시 자신이 모르는 무엇인가가 있을까 싶어 화급히 독고영경에게 전음으로 물었다.

[무슨 사실을 말인가, 공녀!]

[얼마 전 제 사고인 은발연화께서 검마사를 제거했어

구천마성

요. 검마사는 이미 이 세상 사람이 아닌데 그것을 장문인께 검마혼이 밝혔는지 궁금해서요.]

독고영경의 전음에 악천군은 크게 당황했다.

검마사가 은발연화에게 죽었단 말인가?

거기다 마교의 어린아이가 은발연화를 사고라 칭한다면?

잠시 생각에 잠겼지만 악천군은 빠르게 결론을 내렸다. 이 사안은 사실을 확인하고 움직여야 한다는 것이 그의 결론이었다.

"너의 지금의 처지가 어려워 보이니 내 여기서 본파의 무공을 거두지는 않겠다. 그러나 언제든 너는 화산으로 와 너의 무공을 돌려주고 가야 한다. 약속할 수 있겠느냐?"

악천군이 갑자기 태도를 바꾸어 말하자 서지명은 당황스러워 아무 말도 하지 못했다.

"뭐하느냐? 장문인께서 묻지 않느냐?"

악명춘이 서지명을 보고 호통을 쳤다. 그러자 서지명이 대답했다.

"제가 반드시 그리하겠습니다."

"되었다. 나 악천군은 화산파의 장문으로서 십일대

속가제자 서지명을 파문한다. 이제 너는 화산의 제자가
아니다. 돌아가자!"

  악천군는 냉정하게 말하고는 돌아섰다. 일단 다른 무
리들과 어울렸으니 화산제자로 둘 수는 없었던 것이다.
  그러자 쓰러져 있던 악성추가 악을 쓰며 말했다.
  "사부님! 어찌하여 사악한 마공을 익힌 저놈의 무공
을 이 자리에서 폐하지 않으십니까? 자칫 저놈으로 인
해 문규가 흐트러질 두렵습니다."
  그러나 악천군 뒤도 돌아보지 않고 싸늘한 목소리로
말했다.
  "네놈이 내 명을 어기는 것도 모자라 이제는 나를 가
르치려 하는구나! 너는 화산으로 돌아가는 즉시 참회동
에 들어 내 명이 있을 때까지는 나오지 말거라."
  너무도 차갑게 말하는 사부에게 다시 입을 열기가 겁
이 나자, 악성추는 더 이상 말을 못하고 분을 삭여야 했
다.
  여전히 멍하니 서 있는 서지명에게 악교연이 다가갔
다.
  "사형! 너무 실망하지 말아요. 상황이 이러니 아버지

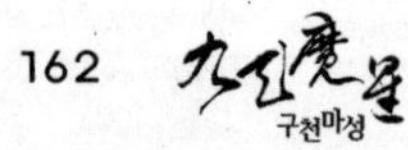

께서 화가 나셔서 그리 말씀하셨을 거예요. 다음에 다시 찾아뵙고 말씀드리면."

악교연은 서지명을 위로하는 말을 하다가 끝내 말을 다 잇지 못했다. 자신의 말이 터무니없다는 것을 스스로도 알고 있는 것이다. 그리고 장문의 명이란 것이 그리 쉽게 번복될 수도 없으며 또 그리된다 하더라도 화산의 기강은 땅에 떨어질 것이 뻔하기 때문이기도 했다.

그런 악교연의 마음을 아는 서지명이 그녀를 위로했다.

"사매! 내 걱정은 말고 돌아가. 다음엔 좋은 상황에서 만나자."

화산파의 제자들이 자리를 뜨자 금인화가 서지명을 향해 일침을 날렸다.

"서 대주는 좋겠어요?"

"무엇이 말이요?"

"화산의 꽃이라는 사매가 있으니 말이에요."

"난 구천마황대의 대원이지 화산의 제자가 아니오."

"그럼 아까 그렇게 말하지 그랬어요?"

"구천마황대는 대원이 되기 전까지 다른 신분으로 사오. 내 그 정리를 잠시 잊지 못했던 것뿐이오."

“그럼 왜 다음에 좋은 상황에서 만나자는 말을 해요? 좋은 상황이 서로 죽이는 상황은 아닐 테고, 안 그래요?”

“그만합시다. 금 소저!”

“뭘 그만해요? 난 아직 시작도 안 했는데!”

두 사람이 귀여운 언쟁을 시작하자 모두가 웃으며 걸음을 옮겼다.

그 뒤를 강소검만이 뭔가 이해가 가지 않는다는 표정으로 뒤따랐다.

3

서지명을 제지하려다 장문 사부가 나타나 낭패를 당한 악성추는 참회동으로 들어가라는 사부의 말을 어기고 제자들 사이에서 몰래 빠져나왔다.

‘참회동이라니! 내가 무얼 그리 잘못하여 참회동에 든다는 말인가?’

악성추는 사부인 매화신검 악천군이 자신을 참회동에 들어가라고 한 말을 아무리 곱씹어 자신의 잘못을 스스로 찾으려 애를 써 보아도 찾을 수 없었다.

따지고 보면 이번 일만 해도 사부의 명에 의해 진행된 일이었는데, 어찌하다 보니 일이 잘못되었는데 자신한테만 불똥이 튄 격이라는 생각이 들었다.

'일단 북검회로 가 보자. 이미 철검대의 신임대주 자리를 낙점 받아놓은 상태이니 뭐라도 있겠지.'

화산파가 북검회와 연수를 하기로 하면서 매화신검 악천군은 자신의 제자이자 일대제자 중 수좌인 악성추를 새로 구성될 철검대의 제 삼대의 대주로 임명해 주겠다는 약속을 받았었던 것이다.

서둘러 걸음을 옮겨 정주에 도착해 북검회가 위치한 미륭산으로 가던 악성추는 눈을 크게 떴다.

'참 곱게도 생겼구나.'

악성추가 놀란 것은 보기 드문 미모를 지닌 여인을 발견한 때문이었다.

아니 여인이라고 말하기에는 좀 어렸지만 그래서 그런지 풋풋함이 살아나 한눈에 악성추의 가슴을 설레게 했던 것이다.

'이 길은 북검회로 가는 길인데 북검회 소속인가?'

미모에 반한 악성추는 평소에 하던 대로 군자인 양 하는 얼굴을 한 채 작업에 나섰다.

“이보시오. 소저! 이 길은 북검회로 가는 길인데 북검회에 볼일이 있으시오?”

“예. 저는 북검회의 철검대에 들어가려고 진하에서 온 강소현이라고 해요. 협사께서도 북검회에 가세요?”

악성추가 말을 걸자 소녀는 배시시 웃으며 자신의 이름은 물론이요, 목적까지도 모두 한 번에 털어놓았다.

소녀는 바로 검마사에게 제령도를 건네받은 강소현이었다.

‘초출이군. 흐흐흐!’

악성추는 강소현이 순순히 자신을 내어 보이자 바로 초출임을 파악하고는 속으로 음흉한 미소를 지었다.

“철검대? 그렇다면 잘되었군. 내가 이번에 철검삼대의 대주로 내정된 악성추란 사람이네.”

“정말이세요? 철검삼대의 대주님이시라고요?”

악성추의 말에 강소현은 정신을 놓을 정도였다. 강호에 나오니 모든 행운이 다 자신을 향해 몰려나오는 것 같았던 것이다.

지난밤에는 기인에게서 병기를 얻고, 이제는 그토록 염원하던 철검대의 대주를 직접 만나게 되었으니 말이다.

 구전마성

하지만 강소현은 한 가지를 간과하고 있었다.

자신이 병기를 얻은 것이 바로 어제라고 생각하고 있는 것이었다. 하지만 기인이라고 생각한 검마사에게서 제령도를 얻은 것은 벌써 이레가 지난 일이었다.

제령도를 얻어 나와 그것을 풀어 도를 살피는 동안 제령도의 힘에 취해 시간이 지나가는 것을 몰랐던 것이다.

제령도의 힘은 그뿐만이 아니었다.

악성추 또한 강소현의 등에 걸린 물체를 보는 순간 알 수 없는 탐욕이 고개를 쳐들었다.

'쌓여 있는 모양새로 보아 도(刀)인 모양인데 보통 병기가 아닌 것 같구나.'

악성추는 마치 자신의 안목이 높아 한눈에 신병을 알아본 것처럼 착각하며 눈독을 들였다. 엉뚱하게도 강소현에 대한 관심이 자신도 깨닫지 못한 사이에 강소현의 등 뒤에 메어진 도로 옮겨 갔던 것이다.

두 사람이 동상이몽으로 착각에 빠져 있다 먼저 선수를 친 사람은 악성추였다.

"북검회에 초행이지?"

"예, 그렇습니다. 대주!"

강소현은 이미 마음속으로 악성추를 대 북검회 철검

삼대의 대주로 확신하고 대답했다.

"흠! 그럼 나를 따라오게. 대주들만 드나드는 비문(秘門)으로 함께 들어가는 특전을 내가 주지."

"어머! 감사합니다. 대주!"

강소현은 악성추의 말을 곧이곧대로 믿고는 대로를 벗어나 오솔길을 앞서 걸어가는 악성추를 놓칠까 걱정하며 종종 걸음을 옮겼다.

그리고 얼마 후 아무도 없는 한적한 숲 속으로 들어서자 악성추는 서서히 본색을 드러냈다.

"무슨 병기를 쓰는가?"

"예?"

"내 보기에 등 뒤에 멘 병기가 도로 보여서 말이야."

"역시 대주세요. 보자기로 싸여 있는데도 한눈에 도인지 알아보시네요."

"가문의 병기인가?"

"아니요? 사실 이 도는 정주에 도착해서 어떤 기인으로부터 얻은 것이에요."

도에 대해 묻는 악성추에게 사실대로 이야기를 하던 강소현은 갑자기 일말의 두려움이 밀려들었다. 갑작스레 저 사람이 도를 빼앗으면 어떡하나 하는 마음이 고개를 쳐들었던 것이다.

"이 도는 저한테 딱 맞는 병기라 절 주신 것이에요. 더구나 여인들이 쓰는 도라고 하셨고요."

강소현은 밀려드는 불안감에 검마사가 하지도 않은 말을 지어냈다.

하지만 악성추가 그런 것을 간파하지 못할 위인이 아니었다.

'귀여운 것! 거짓말도 참 귀엽게 하는구나. 흐흐흐!'

"흠! 그리 말하니 네 병기가 더 궁금해지는구나. 나는 검을 쓰니 도에는 별 관심이 없지만 말이다. 전에 남도천을 방문했을 때 여러 가지 신도(神刀)를 본 적이 있는데……."

악성추의 말은 강소현의 도를 보고 평가를 해주겠다는 말이었다. 강소현은 망설여졌다.

자신이 얻은 도가 신병이기일지도 모른다는 탐욕스런 마음이 고개를 쳐들었다. 그러자 도를 보여주고 싶지 않았다. 하지만 마음 한켠에서는 자신이 얻은 도가 신병이기인지 아닌지 확인하고 싶다는 욕망이 끊임없이 일어났고 결국은 그 욕망이 다른 욕망을 짓눌렀다.

강소현이 제령도를 싸맨 천을 벗겨 내자 제령도가 용

트림을 했다.

우우우우웅!

그저 도면(刀面)을 드러낸 것으로도 울음을 터트리는 제령도!

악성추는 한눈에 도에 빨려들고 말았다.

말로만 듣던 도명까지 들리는 것으로 보아 인세에 보기 힘든 신병이기가 틀림없다고 판단한 악성추는 침음을 삼키다가 강소현의 혈을 짚어 제압했다.

'왜 이러세요, 대주!'

혈을 짚여 아무 소리도 낼 수 없는데 강소현은 속으로 악을 썼다. 혈을 제압당한 것이 신경이 쓰인 것이 아니라 도를 빼앗기는 것이 그녀를 더 흥분하게 만들었다.

"으흐흐흐! 자고로 병기란 말이다. 그 능력에 맞게 지녀야 하는 법이란다. 어차피 내가 가져가지 않아도 넌 얼마 못가 다른 놈에게 빼앗기고 말거다. 강호란 그런 곳이란다. 아가야!"

악성추는 남들이 볼까 두려워 얼른 도를 다시 싸매 들며 강소현에게 충고랍시고 지껄였다.

악성추는 그대로 돌아서 급히 걸음을 옮기려다가 자신이 소녀에게 이미 이름을 말해 준 것을 깨달았다.

구천마성

'이런! 이럴 줄 알았으면 아무 이름이라도 지어 말하는 건데… 저것이 살아 내 이름을 여기저기 떠들고 다니면 곤란하지.'

악성추는 자신이 화산파의 일대제자의 수좌로서의 명예 때문이 아니라 혹시 다른 자들이 알고 도를 빼앗길까 더 저어됐다.

"흐흐흐! 아깝긴 하지만 어쩔 수 없게 되었다. 신병을 지닌 것과 내 이름을 아는 것이 죄다. 다시 태어나거든 시집이나 가서 평범하게 살아라."

악성추는 그대로 자신의 검을 강소현의 복부에 밀어 넣었다. 그리고는 그대로 근처 작은 동굴 속에 밀어 넣어 버렸다.

그러는 사이 어디선가 악성추의 귓전을 파고드는 음성이 들려왔다.

고오오오오오!

"헉! 고수다. 어서 여기를 떠야겠다."

악성추는 멀리서 들려오는 소리가 자신이 얻은 병기와 천적임을 깨닫고는 급히 몸을 날렸다.

악성추는 억수같이 퍼붓는 빗속에서도 쉬지 않고 몸을 날려 정주에서 벗어나 서안 방향으로 움직였다.

"휴우! 나도 모르게 화산으로 향하는구나. 역시 난 화산제자인가 보다. 일이 어찌 되었는지 모르지만 이대로 다른 곳에는 갈 곳도 없으니 화산에 돌아가서 생각하자."

악성추는 달리면서 나직이 뇌까렸다.

쏟아지는 비가 그칠 줄을 모르자 악성추는 근처의 토지 묘로 숨어들었다.

젖은 옷을 말리기 위해 불을 피우고 나니 자신이 빼앗은 도가 궁금했다. 망설이다가 도를 감싼 천을 조심스레 벗겨 보니 도면에는 알 수 없는 문자들이 양각되어 있었고, 도의 손잡이에는 처음 보는 악마상이 조각되어 있어 보기만 해도 섬뜩했다.

손을 뻗어 도를 잡으니 도가 울음을 터트렸다.

'허! 이놈이 나를 주인으로 여기는 모양이로구나.'

악성추는 도를 잡고 이리저리 휘둘러 보기도 했지만 검만을 수련한 그에게는 왠지 모르게 좀 어색했다.

"쩝! 검이라면 더 좋았을 텐데……. 앗!"

자신이 익힌 것이 검공이니 하는 말이었다.

아쉬움에 한마디 하고는 도를 다시 천으로 싸려다가 손을 베인 악성추는 약한 비명을 내질렀다. 도에 베인 손에서 피가 나오며 도면(刀面)을 타고 흘러내렸다.

화산파에서 수련하면서 부상을 당한 적이 많았기에 이런 상처를 수도 없이 겪어 봤지만 기이하게도 도에 베인 상처는 훨씬 고통스러웠고 몸을 떨게까지 만들었다.

악성추의 손에서 흘러나온 피는 도면을 흐르다가 도로 흡수되어 사라졌다. 악성추는 아무 일 없었다는 듯이 도를 싸 등에 메고는 화산으로 가기 위해 다시 토지 묘를 나섰다.

화산에서 가장 박식하다는 악연수(岳嚥愁) 사저라면 아마도 도에 새겨진 문양의 뜻을 풀어낼 수 있을 것이라 기대하면서 길을 서둘렀다.

악성추가 화산에 도착하니 화산에는 이미 매화가 만발해 있었다. 화산의 매화는 봄기운을 맞으며 흐드러지게 피어 보는 사람의 마음을 묘하게 흔들어 놓았다.

이 화산에 바로 오대문파로 일컬어지는 화산파가 자리 잡은 것은 그리 오래된 일이 아니다. 혹자는 검선 여동빈이 세웠다고 말을 하지만 그것이 사실인지는 확인된 바가 없었다. 도문인 화산은 비교적 타 도문에 비해 규제가 적었다. 그래서 장문인을 비롯한 모든 문파의 제자들의 혼인을 허용하였고, 그 여파로 인해 어느 때부터인가 악씨 일족이 화산의 중심이 되어 버렸다. 그 폐해도 만만치 않아 악씨 성을 가지지 않은 문도는 화산의 온전한 무공을 이어받기 힘들었다.

다른 문파들이 그렇듯이 화산도 구천마성의 붕괴와 구중천의 등장 속에서 그 세를 키우기 위해 부단한 노력을 기울이고 있었다.

화산의 산문이 보이기 시작하는 곳에 한 인영이 모습을 나타냈다. 바로 악성추였다.

악성추는 산문이 보이자 걸음을 멈추더니 방향을 틀어 다른 곳으로 향했다. 산문에서 점점 멀어진 악성추는 화산의 봉우리 중 하나인 옥녀봉을 오르기 시작했다. 기암괴석 사이로 삐죽삐죽 나온 나무를 피해 인영은 날렵하게 옥녀봉에 오르다 정상에서 그리 멀지 않은 곳에 나 있는 동혈로 모습을 감추었다.

"누구냐?"

동혈에 인영이 들자 곧이어 날카로운 여인의 음성이 흘러 나왔다. 그러자 악성추는 몸가짐을 단정히 한 후 나아가서는 깊이 고개를 숙인 후 말했다.

"제자 악성추! 사고를 뵈옵니다."

동혈 안이 갑자기 밝아졌다. 악성추가 사고라 부른 사

람은 악연수로 현 장문인의 사매였고 그녀가 불을 밝힌 것이었다.

"너는 성추가 아니냐? 내 듣기로 장문인께서 널 벌하여 참회동에 가두었다 들었는데 벌써 죄과를 다 치른 것이냐?"

악연수가 말하자 악성추가 무릎을 꿇으며 대답했다.

"사문에 중요한 일이 많아 장문 사부님께서 벌을 미루어 주셨습니다. 그러다 우연히 중요한 물건인 것 같은 병기를 얻어 이렇게 사고를 찾아뵈었습니다."

악성추의 말에 악연수는 조금 개운치 않은 면이 있었다.

자신의 사형인 매화신검 악천군은 비록 외부에서는 그를 만면신군이라고 비웃는 자들도 있었지만 그건 어디까지나 사문을 위한 사형이 처세라는 것이 그녀의 생각이었다.

하지만 그런 사형도 산문 내에서는 제자들에게 엄했고 문규를 지키려 노력했다.

그런데 사형이 자기 입으로 대제자인 악성추에게 내린 벌을 거두어들였다는 것은 좀처럼 받아들이기 힘들었던 것이다.

하지만 세월이 너무 하 수상하고 악성추가 중요한 물건이란 것에 마음이 흔들려 서둘러 악성추에게 말했다.

"중요한 물건이라고? 그것이 무엇인지 한 번 보자."

악연수의 말에 악성추는 보자기에 싼 물건을 풀어 악연수의 앞에 놓았다. 그것은 기형의 도였다.

바로 검마사가 강소현에게 준 것을 악성추가 빼앗은 그 기형도였던 것이다.

도면에 양각된 기이한 문양들을 보던 악연수는 흠칫 놀랐다.

"이건 월나라의 문자로구나. 이런 것이 있다니?"

크게 놀란 악연수가 다가서 도면에 새겨진 글자들을 살피기 시작했다. 그 광경을 보는 악성추의 눈빛이 빛났다. 그렇게 화산에 핀 매화는 봄날의 밤을 맞이했다.

며칠이 지나자 악연수는 도면에 새겨진 글자를 거의 해독해 다시 양피지에 옮겨 적었다. 그리고는 해석하기 시작하다가는 놀라더니 갑자기 양피지를 등불에 올려 불을 붙였다.

"아니 무슨 짓입니까? 사고!"

악성추가 얼른 양피지를 빼앗으며 말하자 악연수가 악성추에게 노한 음성으로 말했다.

“악마의 도법이다. 절대 사람이 익혀서는 안 되는 무공이 도면에 새겨져 있는 것이다. 어서 도와 양피지를 이리 주거라.”

그러나 악성추는 양피지를 갈무리하고 기형도, 즉 제령도를 들었다.

“절대 드릴 수 없습니다. 이것은 제가 목숨을 걸고 얻은 것입니다. 그런데 어떻게 없앨 수 있겠습니까?”

“사문의 대제자라는 놈이 감히 사고의 명을 거역할 셈이냐? 정 네가 내놓지 않는다면 강제로 빼앗을 수밖에 없다.”

악성추가 양피지를 내놓지 않자 악연수는 칠절매화검의 검초를 펼치며 악성추를 몰아넣기 시작했다. 이미 절정에 오른 칠절매화검은 그 위세가 사나워 악성추는 삽시간에 궁지에 몰렸다. 좁은 동혈 안에서 더 이상 피할 데가 없자 악성추는 제령도를 들어 올리며 말했다.

“이것은 사고가 자초한 일이오.”

그리고는 제령도를 열십자로 휘둘렀다. 그러자 악연수는 놀라며 뒤로 물러섰다. 제령도에서 기이한 기가 흘러나와 감히 더 다가서기 어려웠던 것이다.

“네가 이미 그 도에 피를 먹였구나. 도문인 화산에 이런 사악한 놈이 나오다니! 네 오늘 목숨을 걸어서라도 이곳에서 널 죽여야겠다.”

악연수가 자신의 전부라 할 수 있는 칠절매화검의 초식을 펼치며 달려들자 이미 눈이 붉게 충혈 된 악성추는 이성을 잃은 상태였다.

“크크크크! 누가 화산의 제자란 말이냐? 나는 이 세상의 지배자인 마황이니라.”

악성추가 괴이한 말을 내뱉으며 제령도를 흔들자 제령도에서 뻗어 나온 붉은 강기가 그대로 칠절매화검의 공세를 뚫고 파고들었다. 그리고 놀랍게도 악연수의 주요 요혈만을 제압하고는 씻은 듯이 사라졌다. 강기를 내뿜어 혈도만을 제압하기란 이전의 악성추로서는 꿈도 못 꿔 볼 경지였다.

하루아침에 악성추의 무위가 몇 계단을 상승한 것이었다.

“네가 어찌 이런 사악한 수법을 쓰느냐?”

악연수가 고함을 쳤지만 소리는 입안에서만 맴돌았다. 악성추는 악연수에게 다가서더니 그녀의 옷을 벗기기 시작했다. 이미 오십을 넘긴 나이인데도 무공으로 몸을 단련한 그녀의 몸은 삼십 대 정도로밖에 보이지 않았다.

“크크크크! 순음지기를 얻었어야 하는데 이놈 때문에 그러지 못했으니 네 내공이라도 얻어야겠다.”

악성추는 자신의 옷을 벗고는 악연수에게 달려들었다. 한참의 시간이 지나자 웃옷을 벗은 악성추가 하반신에 피를 흘리며 죽어 있는 악연수를 남겨 두고 동혈 밖으로 나왔다. 그리고는 제령도를 들고는 괴이한 고함을 내뱉었다.

“으으으으으으!”

악성추가 내뱉은 고함은 천지를 다 울리며 떠돌았다. 멀리서는 천산에서도 그 마음(魔音)이 들렸다. 그것은 마주 소마의 재림을 알리는 신호였다.

*　*　*

정주의 한쪽 끝에서 제령도가 모습을 드러내기를 기다리던 정홍연은 용호결의 호흡으로 마침내 제령도의 흔적을 찾아냈다.

그러나 제령도의 흔적을 좇아간 곳에서는 이미 그 기운이 자취를 감춘 상태였다.

정홍연이 아쉬운 마음을 달래며 발길을 돌리려는데

어디선가 미약한 신음 소리가 감지되었다.

'저쪽 동혈이군.'

보통 사람이면 발견하기도 힘든 작은 동혈이었지만 정홍연은 바로 신음 소리가 난 곳을 알아내고는 몸을 날려 안으로 들어갔다.

"하! 이럴 수가? 넌 소현이가 아니냐?"

정홍연은 강소현이 복부에 검상을 입은 것을 알고는 지풍을 날려 급히 혈도를 제압하고 안아 들었다.

강소현은 흐릿한 눈으로 자신을 알아보는 은발의 여인을 보더니 희미하게 웃었다.

"그… 걸 얻고 나서 계속 대사형 얼굴이 떠올랐어요."

"그래 안다. 알아. 말을 아껴라. 목숨이 위태롭다."

"제… 가 사저라고 불러도 되나요?"

"암! 되고말고. 네 사형이 내 사형이 아니냐?"

"그… 그럼 소검이도요?"

"그럼 소검이도 내 사제이지."

"……."

다시 아무 말 없이 강소현의 눈빛이 잦아들었다.

정홍연은 강소현이 꿈을 꾸었음을 한눈에 알 수 있었

 九千魔星
구천마성

다. 강호에 나가 유명한 여고수가 되어 천하를 호령하는 꿈을 말이다. 동생인 강소검과 함께 말이다.

그리고 지금은 강소검이 걱정이 되는 것이었다.

"아무 걱정하지 말아라. 내가 네 사저다. 사람들은 날 은발연화라고 부른단다. 너도 알겠지만 이가원의 원주인 공명 또한 네 사저가 된다. 게다가 네 사형은 일문의 장문이다. 넌 이미 얻을 수 있는 것은 모두 얻었다. 널 이렇게 만든 놈은 감히 소검이를 어쩌지 못한단다."

정홍연은 이미 강소현의 얼굴에서 회광반조를 보았다.

이미 살릴 수 없는 상태에 다다른 것이었다.

그런 강소현에게 해줄 수 있는 말이란 것은 그녀의 꿈이 이미 이루어졌노라고 말해 주는 것밖에는 없었다.

또 동생인 강소검이 누구도 어쩔 수 없는 사람들의 보호를 받고 있다는 것을 말이다.

"으… 은발연화……. 그럼 제가 천하제일인의 사매가 되네요."

"그래! 그래! 암 그렇고말고. 그리고 내가 아니라 네 대사형이 천하제일인이다. 아무 걱정하지 말아라."

"대… 대사형께 죄송……. 그 도는 저… 정말로… 아, 악성추란 자가……."

강소현은 간신히 악성추란 이름 석 자를 말하고는 이
내 고개를 꺾었다.

"이를 어이할꼬, 이를 어이할꼬?"

강소현의 숨이 잦아들자 정홍연의 눈에 눈물이 맺혔
다.

강소현의 죽음도 슬펐지만 사형이 받을 마음의 상처
가 더욱 그녀를 울렸다.

"악성추! 이놈!"

은발연화가 내뿜는 강력한 기운이 동혈 밖으로 솟구
쳐 나가며 화산을 향했다.

4.

마황재림(魔皇再臨)

구천
마성

1

"아직도 이곳에 계시었소?"

여섯 달 동안 인기척조차 없었던 죽림의 중심에서 갑자기 들려온 음성에 지군은 화들짝 놀라 고개를 돌렸다.

혹시 적이라도 나타났나 싶어 내공을 잔뜩 끌어올린 상태였다. 그러나 적은 아니었다.

바로 여섯 달 전에 석동으로 들어갔던 이윤이 씽긋 웃으며 마치 어제저녁 헤어진 사람처럼 서 있었던 것이다.

"대공을 감축드리옵니다."

"고맙습니다."

이윤은 지군의 말에 어이가 없었지만 그저 고맙다는 말로 대신했다. 아마도 자신이 안에 들어가 무슨 신공이라도 얻은 줄 아는 모양이었다.

"돌아가시지 않고 어찌 여기 계셨습니까?"

"교주의 하명이 계셨습니다. 너무 오랜 시간 나오지 않으시어 걱정을 많이 하셨습니다."

'오랜 시간?'

이윤이 지군의 말에 고개를 갸우뚱하자 눈치가 빠른 지군이 설명을 했다.

"석동에 드신 후 여섯 달이 지났습니다."

"그렇습니까?"

이윤은 지군의 말을 들으면서도 황당했다. 자신은 마치 찰나의 시간 동안 안에서 정태고, 아니 도방의 운사 정렴의 안배를 보게 되었다고 생각했는데 밖으로 나오니 벌써 여섯 달이나 지나 있었던 것이었다.

"그랬군요. 그나저나 시장하군요. 뭐 먹을 것 좀 없겠습니까?"

"하하하하! 없을 리가 있겠습니까? 따르시지요. 드릴 말씀도 좀 있습니다."

이윤이 음식을 찾자 지군은 서둘러 이윤을 안내했다.

그리고 소마황이 음식을 먹는 동안 그동안 있었던 무림의 변화에 대해 교주가 일러준 대로 설명을 올릴 참이었다.

앞서 걷는 지군의 어깨에 힘이 들어갔다.

당대의 마황이 신공을 얻었으니 일월신교의 앞날이 탄탄대로라 여겨져 절로 힘이 났던 것이었다.

식사를 하며 지군의 이야기를 듣던 이윤은 사매인 정홍연이 검마사를 제거했다는 말을 듣고는 젓가락을 놓았다.

"더 드시지요?"

"충분히 먹었습니다. 그렇다면 이제 구마사 중 둘이 남아 있군요."

"그렇습니다. 남도천의 도마사와 강령문의 시마사가 아직 살아 있습니다. 물론 그 세력도 막강합니다. 그리고 검마사가 죽었다고는 하지만 북검회의 전력 또한 막강한 상태입니다. 검마혼도 무시 못 할 고수지요."

그건 그랬다.

구천마성에는 고수가 너무 많은 것이 탈이었다. 이윤이나 정홍연의 입장에서 보면 천공이나, 구마사만을 염두에 두었지만 일월신교나 소림의 입장에서 보았을 때는 구마사뿐만 아니라 구마혼들도 무시 못 할 강력한 위협이었던 것이다.

그런 것을 자신이 무시하면 제자들의 사문이 힘들어진다는 것을 이윤은 지군의 말을 듣고는 내심 깨달았다.

그리고는 천천히 입을 열었다.

"교주께 전하십시오. 난 이 길로 떠나 도마사와 염마혼, 그리고 도마혼을 제거할 것입니다. 교주께서는 이후 가급적이면 살생을 줄이면서 나머지 남도천의 세력을 흩어 놓아 달라고요. 그리고 내가 모용세가로 향하고 있음을 천하에 알려 달라고 전해 주십시오."

이윤의 말에 지군이 갑자기 무릎을 꿇더니 말했다.

"신교에 은혜를 베푸시니 감읍하옵니다. 교주께서도 크게 기뻐하실 것이옵니다."

"모두가 영경이를 위함이니 교주께서는 자비를 베푸시는 것을 잊지 마시길 바란다고 전하시오."

이윤은 그 말을 마지막으로 몸을 일으켰다.

갈 길이 멀다. 그러나 그 끝은 얼마 남지 않았다는 것을 스스로 알 수 있었다.

그렇게 당대 구천마황의 강호 재출도 소식이 바람 소

리를 타고 퍼져 나가 곧 폭풍이 되었다.

＊　＊　＊

　귀주성의 귀양은 중원의 남서쪽에서 가장 큰 도읍이다. 장강의 물줄기가 가까워 예로부터 문물이 발달해 남부의 많은 사람들이 이주해 거대한 도읍을 이루었다.

　그리고 최근에 와서는 귀주성 서쪽 고원으로 구중천의 도마천이 도천이란 이름으로 거대한 성을 쌓아 본산을 만들고, 장강 이남의 거의 모든 무림문파들을 통합하여 남도천이란 이름으로 개파대전을 열어 그 이름을 휘날렸다.

　귀양은 남도천으로 인해 평소에도 무림인들의 모습을 쉽게 찾아볼 수 있었는데, 최근에 와서는 강호에 소마황이 살아 돌아왔다는 소문과 함께 염황루의 염마혼이 소마황의 검하고혼이 되었다는 소문이 더해지면서 분위기가 살벌해졌다.

　물론 염마혼이 죽었다는 소식 때문이 아니라 소마황의 다음 상대가 바로 남도천의 태상인 도마사가 될 것이라는 소문 때문이었는데, 천주인 도마혼은 헛소문이라고 일축했지만 내부로는 정예들을 집결시켜 소마황이 오기를 기다리고 있었다.

소마황의 행로가 모용세가로 향하고 있다는 소문이 돌았으니 북행을 하고 있는 것이었다. 남 말하기 좋아하는 사람들은 예전 빙궁의 혈사를 빗대어 이번 일을 제이의 북행혈로라고 불렀고 귀양의 어디를 가던지 소마황에 대한 소문이 끊이지를 않았다.

어느새 폭풍의 핵이 되어 가고 있는 귀양의 한 객잔에 소문의 당사자인 이윤이 모습을 드러낸 것은 여름이 점점 기세를 잃어가 초가을로 접어들 무렵이었다.

"방을 하나 주시오. 그리고 요기 좀 합시다."

"방은 다른 사람들과 함께 쓰셔야 하고요, 식사는 뭘로?"

점소이는 무미건조한 음성으로 성의 없이 되물었다.

"소면이면 되오? 그런데 그렇게 사람이 많소?"

"그건 저기 빈자리 하나 보이지요? 거기 합석해야 하니 그 맞은편 사람들한테 물어보쇼."

점소이는 제 할 말만 성의 없이 하고는 휭하니 주방 쪽으로 가 버렸다.

이윤은 하는 수 없이 점소이가 가리킨 자리로 가 합석

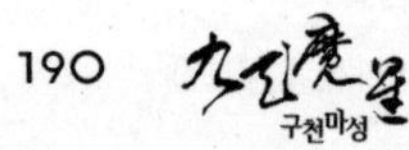

을 청해야 했다.

"실례하겠습니다. 자리가 없어 합석을 좀 했으면 합니다."

"그러시오. 이쪽으로 앉으시오."

탁자는 육인용이었는데 앉아 있는 일행이 다섯 명이어서 단 한 자리만이 남아 있는 상태였다. 그나마 그 자리가 객잔 안에서 유일하게 빈자리였으니 이윤은 감지덕지할 수밖에 없었다. 오히려 선선히 합석에 응해 주는 것이 고맙게 생각될 정도였다.

"감사합니다."

"사해가 동포니 당연한 일이지요."

인사가 오가고 이윤이 자리에 앉자 잠시 어색한 침묵이 흘렀다. 그리고 잠시 후 점소이가 소면을 내오자 이윤은 천천히 먹기 시작했다.

탁자 위에는 이미 여러 요리들이 담긴 접시들이 널려 있어 이미 이들은 식사를 마친 것 같자 따로 권하지도 않았다.

사실 소면 한 그릇 먹을 돈도 빠듯하였으니 권하고 말고 할 것도 없는 것이 이윤의 형편이었다.

"공자도 비무를 보러 왔소?"

이윤이 소면을 거의 다 먹을 즈음 일행의 수장인 것 같은 중년인이 말을 건넸다. 그러자 부인인 것으로 보이는 중년 여인의 눈빛이 빛났다.

"이곳에서 비무가 열립니까?"

"정말 몰라서 묻는 것인가요?"

이윤이 어리둥절하여 되묻자 이번엔 여인이 의심스럽다는 눈초리로 이윤을 훑어보며 말했다.

"저는 정말 금시초문입니다. 어쩐지 객잔에 사람이 많아 이상하다 여겼는데 비무 때문이었나 보군요."

이윤은 정말 모르고 있었던지라 궁금해 물었지만 일행은 반신반의하는 눈치였다.

그러자 수장인 것 같은 노인이 천천히 입을 열었다.

"아마 지금 귀양에 와 있는 사람들은 거의 대부분이 비무를 보러 온 것이라 봐야 할 거요. 우리도 그렇고. 아무튼 이렇게 만난 것도 인연인데 통성명이나 합시다. 난 금가장의 금천기라 하고 이쪽은 내 내자이고, 이쪽 두 분은 본장의 호법이시오."

이윤은 자신을 금천기라 밝힌 중년인을 다시 한 번 쳐다볼 수밖에 없었다. 눈앞의 인물이 바로 금인화의 아버지이며 천하제일부호인 금가장의 금천기였던 것이다.

　더구나 금천기는 구천마성의 외부 조직과 자금조달을 총괄하는 총관이었기에 이윤과는 남이라고 할 수 없었다.

　"이제 보니 천하제일부호이신 금가장의 장주님이셨군요. 저는 무한에서 온 이현이라고 합니다. 이렇게 금장주님과 부인을 뵈어 영광입니다."

　이윤은 금천기가 구천마성 외문의 총책임자이니 혹시 자신의 이름을 알지도 모른다는 생각에 이름을 바꾸어 말했다.

　"하하하하! 이 공자셨구려. 그리 인사를 하니 내 평대로 대하겠네. 검을 지닌 걸 보면 무림인인 것 같은데 정말 비무 소식을 몰랐는가?"

　"예. 제가 견문이 짧아 오늘 처음 들었습니다. 그런데 도대체 무슨 비무입니까?"

　말이 좋아 견문이 짧다는 말이지 강호초출이라는 말과 다를 바가 없는 말이었는데 부끄러워하지도 않고 넙죽넙죽 이윤이 말하자 금천기는 눈앞의 젊은이가 무명소졸일지는 몰라도 성정은 밝은 사람이라고 판단했다.

　하지만 부인의 얼굴에는 실망감이 스쳐 갔다.

　사실 금가장주의 부인은 이윤을 보고 명문가의 제자

일 것이라고 판단을 내렸던 것이었다. 그 이유는 바로 이윤이 입고 있는 옷 때문이었다.

죽림에서까지 이윤은 평범한 옷차림새였다. 하지만 죽림에서 나온 후는 독고영경이 만들었다며 지군이 전해 준 옷을 입게 되었는데 그 옷은 재질이 천잠사였다.

물론 독고영경이 눈에 띄게 옷을 만든 것은 아니었지만 워낙 보물을 많이 보아 온 부부가 천잠사로 만든 옷을 알아보지 못할 리 없었다. 그러니 금가장주의 부인이 이윤이 입고 있는 옷을 보고 어디 명문정파의 수제자가 아닐까 생각하지 않을 수 없었던 것이다.

본시 보물은 지킬 수 있는 자가 지니게 되니 말이었다.

"그럼 이 공자는 이 귀양에 어느 무림문파가 있는지는 아는가?"

"그것이야 어디 모르는 사람이 있습니까? 바로 남도천 아닙니까?"

"하하하하하! 그걸 아니 다행이로군. 바로 그 남도천의 태상이 이번 비무의 주인공이라네."

"도마사가 말입니까?"

이윤은 금천기의 말에 놀라 남도천의 태상을 도마사

라고 말하고 말았다.

북검회에서 검마사를 검마사라 부르지 못하게 하는 것처럼 남도천에서 도마사를 도마사라고 부르는 것은 죽자고 작정하고 하는 말이나 마찬가지였으니 당연히 객잔 안 무인들의 시선이 이윤에게 집중되었다.

그나마 다행(?)인지는 몰라도 마침 남도천의 무사는 없어 소란은 피할 수 있었다.

"그 말은 아니 들은 것으로 하겠네. 지금 이곳은 귀양이라네. 이곳에서 남도천의 태상을 그렇게 호칭하는 것은 목을 내놓는 것이나 진배없다네."

"제가 견문이 짧아 또 실수를 했습니다."

이윤은 바로 고개를 숙여 자신의 잘못을 인정했다.

귀양의 한복판에서 도마사를 도마사라고 부르는 것은 남도천에 대한 도전이었고, 그로인해 금가장의 인물들까지 남도천을 적으로 돌리는 일이 되고도 남음이 있었으니 이윤은 서둘러 사과했던 것이다.

"그런데 그 유명한 분이 도대체 누구와 비무를 한다는 말입니까? 제가 듣기로 천하에 상대가 몇 없다고 하던데요?"

이어 나온 이윤의 질문도 듣기에 따라 문제가 되고도

남음이 있는 말이었지만 주변에 남도천의 무사가 없음을
파악한 금천기는 한결 부드럽게 대답했다.

"하하하하! 그렇지. 당금천하에 남도천의 태상과 어
깨를 겨룰 만한 고수는 많지 않지. 굳이 꼽아 본다면 북
검회의 태상과 은발연화 정도라고 할 수 있지."

"그럼 남도천의 태상과 비무를 하는 사람이 은발연화
란 말입니까?"

"자넨 참으로 의심스럽군. 다른 것은 모른다면서 남
도천의 태상이 북검회의 태상과 비무를 하지 않을 것이
라는 것은 어찌 아는가?"

"하하하하! 그야 북검회와 남도천이 한 배에서 나온
두 자식이라고… 아무튼 같은 편이나 마찬가지라고 들
었는데 아닙니까?"

"호! 그건 아는가?"

"그럼 비무 상대는 누굽니까?"

"자네가 정말 궁금하긴 한 모양이군. 정말 궁금한 것
같으니 누구나 다 아는 사실을 내 말해 줌세. 이번에 남
도천의 태상과 비무를 하기로 한 사람은 바로 소마황이
라네."

"예? 그럴 리가요?"

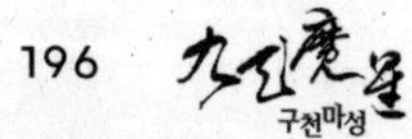

이윤은 금천기의 말에 기가 막혔다.

자신이 언제 도마사와 비무를 하기로 했단 말인가? 그저 염마혼에게 했던 것처럼 조용히 은밀하게 혼자만 불러내 단둘이 결과를 볼 생각이었다.

그런데 비무라니?

이윤은 황당한 소식에 아무 말도 할 수가 없었다. 금천기가 보기에는 그런 이윤의 모습이 놀라움 때문이라고 생각했다.

"자네도 놀라긴 하는구만. 하기야 놀라지 않을 사람이 없지. 소마황이 살아 있다는 것도 놀라운 일이지만, 직접 모습을 나타내 남도천의 태상과 일전을 벌인다니… 무림인이라면 누구나 흥분할 일이 아닐 수 없지. 게다가 이번 비무의 결과가 향후 무림에 지대한 영향을 미칠 것이 뻔하지 않은가?"

"무림에 영향을 미치다니요?"

"그렇지 않은가? 구천마성의 지배가 다시 시작되든가, 아니면 여기서 구천마성의 모든 잔재가 소멸되든가 하지 않겠는가?"

'그런 것이었군.'

이윤은 마음이 허망해졌다.

　정작 자신은 무림의 지배니 하는 것에 관심조차 없는데 사람들은 그리 생각하지 않는 것이었다.

　더구나 죽림에서 얻은 비밀에 의하면 이 모든 일의 근원이 결국은 구천마황 혁세기로 인해 비롯된 것이나 마찬가지였다. 그리고 지금도 그는 생사금침이 사침(死針)을 이용하여 만든 제령도 속에서 허망한 승부욕에 쌓여 운사 정렴의 후인과의 대결을 기다리고 있을 것이었다.

　'그 많은 것을 얻고도 부족하시오?'

　이윤은 가슴에 울분이 쌓여 혁세기를 만나면 무엇이 그리 부족하여 육신을 버리고도 모자라 한낱 호승심으로 수많은 사람들의 목숨을 가지고 노느냐고 물어보고 싶었다.

　천공 모용추 또한 그랬다.

　그 많은 시간을 살고도 그리도 혁세기를 꺾고 싶었단 말인가?

　자신의 후손들을 죽음으로 몰아넣어 가며 그렇게까지 해야 했단 말인가?

　"비무는 아직 이레가 남았네. 내 비무대의 상석을 예약했으니 자네가 괜찮다면 함께 보세나. 어떤가?"

　"배려에 감사드립니다. 그 때까지 머물게 된다면 그

리하겠습니다.”

이윤은 인사를 마치고 객방으로 들어왔다.

방 하나를 네 명이 쓰는지라 불편하기도 했지만, 그것
이 아니더라도 잠이 올 리 없는 이윤이었다.

하루를 더 객방에서 보낸 이윤은 바로 거리로 나와야
했다. 돈이 남아 있지 않았기 때문이었다.

‘이럴 줄 알았으면 신교의 지군이란 사람에게 부탁이
라도 할 걸 그랬나?’

이윤은 스스로 그렇게 생각하는 자신이 우스워 쓴웃
음을 지었다. 그러고 보니 구천마성에서부터 지금까지
스스로 무얼 해서 돈을 벌어 밥을 먹고 산 적은 없었던
것 같았다.

그리고 그런 것을 걱정해 본 적도 없었던 것 같았다.

구천마성에서 나올 때는 많은 금을 지니고 나와 적연
문을 찾을 때까지 돈에 신경도 쓰지 않았었다. 그리고
그 이후는 적연문에 머물며 숙식을 하고 여비를 받았으
니 말이다.

그 이후는?

때로는 구천마황대가, 때로는 도령이, 그리고 공명이

자신을 부양하였고, 진하에서 나와서도 돈은 거의 금인화가 냈는데 이윤은 미처 그런 부분을 신경 쓰지 못했다는 것을 지금에야 깨닫게 된 것이었다.

'아직 오 일이 남았으니 뭘 먹고 산다?'

이윤은 뭔가 수를 내야겠다는 생각에 귀양의 거리를 이리저리 기웃거리며 다녔다.

이윤은 이미 도마사와의 비무 아닌 비무를 받아들이기로 마음을 먹었다.

기왕에 이렇게 되었으니 도마사와의 비무를 통해 구마사가 모두 제거되었음을 무림에 알릴 필요가 있다고 생각한 것이었다. 구마사라는 고수를 배경으로 하려는 무림인들에게도 경종을 울릴 필요가 있었다.

거기에 천공 모용추를 제거하고, 제령도를 없애면 무림은 예전에 구천마성이 만들어지기 전으로 돌아갈 것이라는 것이 그의 생각이었다.

그렇게만 된다면 더 바랄 것이 있겠는가?

피맺힌 부모의 원수를 갚고 나면 사매와 더불어 평화롭고 한적한 삶을 살고 싶은 것이 그의 심정이었다.

이윤은 숙식을 해결할 일거리를 찾으러 다니면서 사형 맹성이 생각났다.

처음 협주의 적연문을 나와 황산의 환수동을 향할 때 필요한 것들을 꼼꼼하게 챙겨 주고 여비 또한 넉넉하게 마련해 주었던 사형인데 사정이야 그렇다 해도 너무 오랫동안 무심했다는 생각이 들었던 것이다.

맹성과 이제 부인이 된 매월향을 생각하자 마음이 따뜻해졌다. 그 때 이윤의 눈에 확 하고 들어오는 것이 있었다.

인부대모집—무림인 사절.

얼핏 보기에 우스꽝스러운 문구가 아닐 수 없었다. 무림인들이 잡일을 하는 인부로 나서는 경우는 거의 없었으니 말이다. 하지만 그것을 본 이윤의 생각은 달랐다.

'옳지. 저거다.'

이윤은 숙식을 해결할 방법이 생긴 것 같자 더 망설일 것도 없이 글귀가 써 붙여진 천막 안으로 들어갔다.

이윤은 사실 난관(?)에 봉착해 있었다.

당장 돈이 없으니 대도읍에서 숙식을 해결할 방법이 없었고, 그렇다고 도마사를 그대로 두고 모용세가로 가기도 그랬다.

도마사 정도의 고수라면 이윤이 처음 귀양에 도착해 남도천이 위치한 곳에서 기파를 보냈을 때 알아채고 나와야 정상이었는데 그렇지 않았던 것이다.

그렇다고 도마사가 자신이 온 것을 알고 꼬리를 만 것이라고 생각할 수는 없었다.

지략의 대가라고 불렸던 뇌마사를 제외하면 다른 구마사들은 모두가 절대고수로 언제나 일대일의 승부를 즐겼다.

그리고 상대가 구천마황 혁세기의 전인인 소마황이라면 더 말할 나위도 없었던 것이다.

공개적인 비무라는 것도 온전히 도마사가 원해 만들어진 것이라고 보기 어려웠다. 어쩌면 남도천의 천주인 도마혼이 제 사부를 위해 만든 함정일지도 몰랐다.

물론 이윤 또한 도마사가 원하더라도 공개적이고 떠들썩한 비무에 응할 생각이 없었다. 그렇게 되면 필시 원치 않는 희생이 생길 것이 자명했다.

"어서 오시게. 척 보니 일자리가 필요해서 왔군."

인부대모집이란 팻말을 써 붙인 천막 안으로 들어서자 염소수염을 한 중년인이 마치 자신이 선견지명이라도 있는 것처럼 말하며 이윤을 맞았다.

구천마성

“예. 한 닷새 정도 숙식이 될 만한 일을 찾고 있습니다.”

“흠! 그렇다면 자네는 정말 자네에게 딱 맞는 시점에 딱 맞는 곳을 찾은 것일세. 마침 닷새만 남은 일자리밖에 없으니 말일세.”

“그렇습니까? 정말 잘되었군요. 어떤 일입니까?”

“그걸 알려 주기 전에 그 검은 뭔가? 혹시 무림인인가?”

염소수염은 이윤의 등 뒤에 메인 검을 발견하고는 눈을 가늘게 뜨며 물었다.

“당연히 아닙니다. 하도 세상이 흉흉하여 그저 남들 보라고 가지고 다니는 것입니다.”

이윤이 둘러말하자 염소수염은 그걸 믿는 눈치였다. 사실이 그랬지만 적연검이 그저 평범한 청강검이었으니 그럴 만도 했다. 더구나 이윤이 입은 천잠보의를 알아볼 안목이 염소수염에게는 없었으니 말이다.

“내 그럴 줄 알았네. 요즘 세상이 촌무지렁이들도 검을 가지고 다니게 만드는 세상 아닌가?”

“그렇지요.”

이윤은 염소수염에게 쓴웃음을 지어 보이며 고개를

끄덕여야 했다. 졸지에 촌무지렁이가 되었으니 말이다.

"아무튼 그것도 상관은 없네. 어차피 자네가 일할 곳 입구에서 내공이 있는지 없는지 검사를 할 테니까 말일세. 내 혹시나 해서 말이지만 만약에, 절대 그럴 리는 없지만, 나도 아니라고 믿지만 혹시 내공이 있다면 일할 수 없다는 것을 말해 두겠네. 만약 속이고 발각되면 극심한 고통 속에 폐인이 될 수도 있으니 말일세."

"도대체 일하는 곳이 어디인데 그러십니까?"

하도 염소수염이 주의를 주는지라 이윤은 단도직입적으로 물었다.

"자네가 일할 곳은 바로 남도천일세."

"그렇다면 걱정할 것은 없군요. 전 내공이 없으니까요."

염소수염의 말이 뜻밖이기는 했지만 이윤은 잘된 일이라고 생각했다. 숙식도 해결하고 남도천 내부도 살피게 되었으니 말이다. 그리고 남도천의 일반무사가 용호결의 선기를 감지한다는 것은 있을 수 없는 일이었다.

그렇게 해서 이윤은 남도천 안에서 잡부로 일하게 되었다. 일은 바로 비무대를 쌓는 작업이었다. 일정이 정해져 있는데 일을 시킬 사람은 많지 않아 이윤이 쉽게

 구천마성

일자리를 얻을 수 있었던 것이다.

일반 잡부가 하는 일은 주로 비무대에 쓰이는 자재를 나르는 일이어서 이윤으로서는 그리 어렵지 않았다.

물론 이런 일을 해 보지는 않았지만 용호결의 선기로 단련된 몸이 큰 불편함 없이 일을 할 수 있게 해주었다.

낮에는 자재를 나르고 밤에는 안에서 다른 잡부들과 잠을 자며 이틀이 지났을 때 비무대 쪽으로 마차 대열이 들어서는 것을 본 이윤의 눈빛이 빛났다.

마차 대열의 선두에선 마차에서 내리는 인물을 알아본 것이었다.

'저자는 팽군위가 아닌가? 저자가 이곳엔 무슨 일인가?'

무림칠검으로 이름을 날리던 하북팽가의 팽군위!

이윤으로서는 악연도 그런 악연이 없었다.

사매 정홍연을 납치하고 모용세가와 함께 온갖 음모를 주도한 자가 팽군위였으니, 이윤의 마음이 좋을 리 없었다.

반면 팽군위의 입장에서 보면 이윤은 생사대적임에 틀림없었다. 하북팽가를 무너뜨리고 자신의 아비를 죽였으며, 소림에서는 회복불능의 상처를 입혔으니 말이었다.

만약 그때 모용소군이 없었더라면 팽군위는 이미 이 세상 사람이 아니고도 남았다.

그런데 그 팽군위가 아무 연고도 없다고 할 수 있는 남도천에 모습을 드러낸 것이 이윤은 의심스러웠다.

'저자가 또 무슨 음모를 꾸미는가?'

이윤은 음모의 냄새를 맡고 일이 끝나면 팽군위가 무엇 때문에 왔는지 조사를 해야겠다고 마음먹고 밤이 오기를 기다렸다.

밤이 되자 이윤은 슬며시 인부들의 합숙소를 벗어났다.

팽군위가 이곳에 온 것을 보면 분명 무언가 음모를 꾸미고 있다는 것이었는데, 그것이 무엇인지 확인하기 위해서였다.

하북팽가는 몰락했다.

그럼에도 팽군위가 남도천 무사들의 호위를 받으며 이곳에 온 것을 보면 분명 다른 누군가의 후원을 받고 있다는 것을 뜻하는 것이었다.

그 누군가는 어쩌면 천공 모용추이거나 아니면 도마사이거나 남은 다른 구마사 중 하나인 시마사일지도 몰랐다.

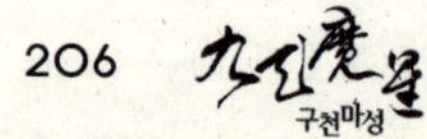

이윤은 오늘 밤 팽군위가 꾸미고 있는 음모가 무엇이며, 가능하다면 팽군위를 잡아 배후가 누구인지 확인하기로 한 것이었다.

남도천은 고원에 위치해 있다.

귀양의 고원은 그 크기가 넓어 남도천의 수많은 전각들이 자리한 본천을 제외하고도 열 배가 넘는 드넓은 고원 위 평야로 이루어져 있었다.

이번 공사는 남도천의 본천의 입구 쪽의 평야에 목책으로 다시 방벽을 만들고 그 안에 비무대를 만들고 있었는데, 일반 인부들은 주로 목책을 만드는 자재를 나르는 일에 투입되었고 연무장 공사장 쪽으로는 일체 출입이 제한되어 있었다.

이윤은 몸을 날려 연무장 안의 비무대 쪽으로 날아들었다.

경비가 삼엄하긴 했지만 이윤은 거의 바람처럼 움직여 누구도 잠입하는 사람이 있다는 것을 알아채지 못했다.

이윤은 바로 연무대 밑의 목재를 뜯어내고 안으로 들어갔다.

연무대 밑은 거대한 돌기둥 열두 개로 떠받쳐져 있었

고, 굵은 통나무들이 얽히고설켜 있어 복잡하기 그지없었다.

이윤이 용호결의 내기를 흘려가며 이질적인 기류를 잡아내려 했지만 나무와 돌에서 독특한 향취가 흘러나오는지라 다른 것은 느낄 수 없었다.

'이상하군. 냄새가 너무 심하지 않은가?'

보통 나무와 돌에는 접착성과 파손을 방지하기 위해 유액을 바르는지라 처음에는 의심하지 않았는데 냄새가 정도를 벗어나 풍기자 의심이 생겼다.

이윤은 주변을 빠르게 날아다니며 조사하다가 거대한 돌기둥 중 하나 앞에 내려서서 슬그머니 손을 가져다 댔다.

순간 돌기둥에서 무엇인가 미끈한 촉감이 느껴지며 피부에 묻어나왔다.

'유액인가?'

손을 코에 가져다 대 냄새를 맡아 본 이윤은 중지로 내력을 모은 후 돌기둥을 조금 긁어내 봤다.

그러자 확하고 후각을 자극하는 냄새가 독하게 밀려들었다.

"이것은?"

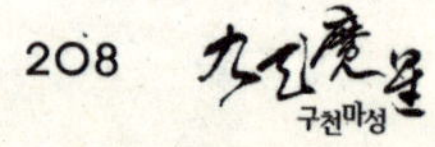

순간 이윤은 크게 놀라 부지불식간에 입 밖으로 소리를 내었다.

그 때였다.

"맞네. 바로 염마천의 염황탄과 독마천의 인혼독으로 배합해 만든 것이라네. 염황인혼탄이라고 이름을 붙였다더군. 바로 천공의 작품이지."

"그대는 누구요?"

이윤은 갑작스레 들려온 목소리에 잠시 긴장했다가 곧 신색을 가다듬고 물었다.

어떤 기운도 느껴지지 않으니 목소리의 주인공이 스스로 나타나기를 기다릴 수밖에 없었던 것이다.

"날세. 자네가 찾고 있는 사람."

거의 십 장 너머에서 서서히 모습을 나타내는 인영의 정체를 쉽게 알아내기 어려웠다.

전혀 기파가 느껴지지 않았기 때문이었다.

"무공이란 것은 역시 허상과 같군. 내력을 끌어올리지 않으면 없는 것이나 다름없으니 말이야. 자네가 날 알아보지 못하는 것을 보면 그렇지 않은가?"

모습을 드러낸 인물은 얼핏 보기에 중년의 문사였다. 하지만 이런 곳에 문사가 나타날 리 없으니 이윤은 안력을 더 높여 중년인의 얼굴을 확인했다.

"오랜만이오. 도마사! 혹시 이것도 함정이오?"

"허허허허! 자네의 기는 혁세기와는 다르군."

"무엇이 다르다는 말이오?"

"글세…… 이것이 함정이라고 생각했다면 그건 자네가 아직 혁세기의 성취에 닿지 못했다는 의미가 아닐까? 안 그런가?"

"……."

이윤은 가타부타 말을 할 수 없었다. 정말 자신이 구천마황 혁세기보다 강하다고 자신할 수 없었기 때문이었다. 운사 정렴의 말에 의하면 그도 혁세기를 이길 수는 없었다고 했으니 더욱 그랬다.

이윤이 말이 없자 도마사가 입을 열었다.

"나 도마사가 설마 혁세기의 전인을 맞이하는데 음모나 함정에 의지하겠는가?"

도마사가 희미한 미소를 지으며 이윤을 바라보았다.

그러자 이윤 역시 그를 향해 씨익 웃었다.

2

무한 외각에 자리 잡은 소용산 밑을 지나는 관도에 사두마차가 나타났다.

마차는 대략 오십여 명의 무사들이 호위하고 있었는데 무사들의 모습이 마치 시체가 살아온 것 같은 모습이어서 보는 사람들로 하여금 공포심이 생겨나게 해 관도를 지나던 사람들은 서둘러 피하기에 바빴다.

그렇게 제 갈 길을 가던 사두마차가 갑자기 멈춰 섰다.

"무슨 일이냐?"

"관도를 막고 앉아 있는 인물이 있습니다."

마차를 호위하던 무사들 중 수좌인 것 같은 자가 마차 안에서 들려온 괴이한 음성에 공손히 대답했다.

"무리를 지었느냐?"

"아닙니다. 하나는 앉아 있는데 여인인 것 같고, 하나는 서 있는데 젊은 놈입니다."

"치워라."

"존명!"

'이제는 이런 것까지 내 입을 열어야 한단 말인가?'

명을 내린 마차 안의 인물은 내심 한심스러운 현실에 인상을 찌푸리면서도 귀를 열어 밖의 사정을 살폈다.

그러자 밖에서 두 남녀의 대화 소리가 들려왔다.

"네가 나가거라."

"제가요?"

"그럼 여기 너밖에 누가 또 있느냐?"

"하지만 사고! 저자들은 그 유명한 강령문, 아니 시마천의 시마대입니다."

"그래서?"

"아무래도 제가 상대하기엔 좀 버겁지 않겠습니까?"

"버거워? 그럼 누가 버겁지 않은데."

"그야……."

"시끄럽고. 여기서 죽든가, 아니면 나가서 싸워라."

잠시 침묵이 흘렀다.

그리고는 여러 차례 답답한 신음성이 흘러나왔다.

"큽!"

"푸읍!"

마차 안의 인물은 누가 신음 소리를 내는지 바로 알 수 있었다. 바로 자신의 수하들인 것이다.

'시마대를 일검에 제거해?'

마차 안의 인물은 상대의 병기가 검인 것까지 바로 파악했다. 그 때 다시 음성이 흘러나왔다.

“거봐라. 자고로 싸워야 느는 것이 무공이다.”

“허! 제 실력이 이 정도나 되는 줄은 저도 몰랐습니다. 사고! 저것들도 제가 제거할까요?”

“그놈 참! 됐다. 저것들은 시마사위란 것들이고, 저 삐죽하게 생긴 시체는 바로 시마령주다. 괜히 나섰다가 죽어 나가 장문 사형께 욕 얻어먹게 하지 말고 찌그러져 있어라.”

“크흐! 예, 사고.”

“야! 니들 말고 마차 안의 영감탱이 좀 나오라고 그래.”

그 말까지 들은 마차 안의 인물은 더 참지 못하고 마차 문을 박차고 밖으로 나갔다.

하지만 나가자마자 발견한 목소리의 주인공을 보고는 말을 잊었다.

‘호! 미인이로구나.’

안력을 높여 보자 과연 일남일녀가 있었는데 여인의 미모가 보기 드물 정도여서 말을 잊게 만들었다.

“네놈들은 누구냐? 이분이 누구신지 아느냐?”

마차 옆에 바짝 붙어 마차 안에서 나온 노인을 호위하고 있던 자가 목소리를 높이자 정체불명의 여인이 바로 말을 받았다.

"알지. 내가 그것도 모르고 여기 왔을까? 노인네는 냄새나는 시체 두목 시마사고 넌 그 졸개 시마령주가 아니냐?"

"뭐, 뭐라? 감히."

"멈춰라."

여인의 말에 앞으로 뛰쳐나가려던 시마령주는 노인의 말에 몸을 바로 세워야 했다.

"맞다. 내가 너희들이 시마사라 부르는 강령문의 태상이다. 너는 누구냐?"

"태상은 얼어 죽을. 예전에 정분도 나눈 적이 있는데 그새 날 잊었는가?"

"사고!"

"왜?"

"남들이 들으면 저 노인이랑 사고께서……."

"저 노인네랑 뭐?"

"아닙니다."

시마사는 기가 막혔다. 자신을 눈앞에 두고도 전혀 위축됨이 없이 자기들끼리 농지거리를 하고 있으니 황당하기 그지없었다. 하지만 시마사란 이름은 말로 얻은 것이

아니었다.

눈빛을 가라앉히며 생각에 잠기던 시마사의 눈에 이채가 서렸다.

"그렇군. 난 또 누군가 했지. 이제 보니 넌 예전에 장강 근처에서 소마황을 데리고 사라졌던 그 아이로구나. 공명이라고 했지?"

"크음. 벽력사태……."

시마사의 말을 듣던 시마령주의 입에서 침음이 흘렀다. 이제야 앞을 가로막은 인물들의 정체를 파악한 것이었다.

여인은 바로 공명이었고, 청년은 양현성이었던 것이다.

공명은 철검대를 박살 낸 후 바로 제자들을 이끌고 무한의 본문으로 돌아왔다.

본문으로 돌아와 한 일이라는 제자들의 무공을 돌봐주는 일이 거의 다였는데, 그러던 중 도령과 독고영경 등이 돌아오고 여기저기서 남도천에서 장문 사형인 이윤과 도마사가 격돌한다는 소문이 떠돌자 양현성만을 대동하고 길을 나서다가 시마사를 발견한 것이었다.

예전에 의식을 잃은 이윤을 데리고 도망치다 시마사

에게 당한 적이 있었으니 공명은 이때다 싶었다.

예전 같으면 엄두도 내기 힘든 상대였지만 지금에 와서는 어떤 두려움도 생기지 않았기에 양현성이 적극 말리는데도 불구하고 마차를 가로막은 것이었다.

"용케도 날 기억하는구나, 시체 영감!"

"용기가 가상하구나. 감히 내 앞을 막다니 말이다."

"여러 말할 것 없고, 시체 영감이 남도천으로 가 장문 사형을 상대하려면 날 밟고 가야 한다. 그러니 아이들 물리고 오너라."

"격장지계는 여전하구나. 하지만 난 네년이 날 상대할 자격이 되는지 확인 좀 해 봐야겠다. 사위!"

시마사는 예전에 그랬던 것처럼 호락호락하지 않았다. 바로 자신의 수신호위인 시마사위를 먼저 내보냈다.

바로 당금 소문이 쩌렁쩌렁한 벽력사태의 무공이 어떤지 확인해 보겠다는 것이었다.

"시체 영감! 마지막 마당에 다른 마사들처럼 좀 당당해 보지 그래?"

"크크크크!"

"크크크크!"

공명의 말에 아무런 답변이 없이 시마사위가 공명을

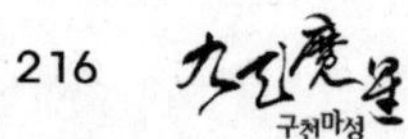

향해 독한 시기를 내뿜으며 다가서기 시작했다.

그러자 공명은 피식 웃으며 양현성을 보며 적연검을
빼 들었다.

"내 오늘 일백팔적연검법이 어떤 것인가 보여 줄 것
이니 넌 눈을 씻고 봐 둬라."

"예, 사고! 제가 안력을 높여 살필 것입니다."

'크! 이놈은 돕는다는 말 한 번 안 하는구나.'

양현성이 씩씩하게 대답하는데도 황당한 표정을 지어
보인 공명이 적연검을 세우며 다가오는 시마사위를 향해
검무를 추기 시작했다.

그렇게 검무를 춘 지 일각이 지나자 매캐한 먼지가 흩
날리면서 냄새가 진동했다.

푸스스!

푸스스!

시마사위가 공명의 검무 속으로 뛰어들었다가 새까맣
게 타 먼지가 되어 흩어져 버린 것이었다.

공명은 시마사위를 제압했는데도 불구하고 아미를 찌
푸렸다.

'이게 웬 귀신이 곡할 노릇이라는 말인가? 어째 그놈
들 만나고 나서부터 자꾸 뇌기가 저절로 흘러나온단 말

인가? 크읍!'

"대단하십니다. 사고! 제가 오늘 안목을 크게 넓혔습
니다. 특히 시마사위를 태워 버린 뇌기는 정말이지 압권
입니다. 사고!"

양현성이 공명의 무위에 크게 놀라 심기는 파악하지
못하고 혀를 내두르며 말하자 공명은 황당하기까지 했
다.

"벽력사태란 별호를 얻었다고 하더니 과연 말 그대로
구나. 하지만 네가 과연 내 시마강혼을 이겨 낼 수 있을
지 모르겠구나."

시마사는 시마사위가 먼지가 되어 사라지자 침중한
목소리로 말하며 앞으로 나섰다. 하지만 자신이 공명에
게 패하리라고는 전혀 생각하지 않고 있었다.

시마사가 길을 나선 것은 천공 모용추의 계획에 동
참하기 위해서였다. 모용추의 계획은 치밀한 것이어서
시마사의 생각에도 성공할 가능성이 상당히 높아 보였
다.

특히 염황인혼탄이라는 것은 시마사 자신에게도 상당
히 위협적이었다. 폭발력도 폭발력이었지만 폭발 직후
발생하는 연기는 극독 그 자체로 자신조차도 쉽게 내력

구천마성

을 갈무리하기 어려울 정도로 강력했다.

도마사와 소마황이 비무를 하는 중 염황인혼탄이 터진다. 그러나 그것만으로 소마황을 죽인다는 보장은 없었다. 게다가 현 무림에서 가장 두려운 존재인 은발연화가 있지 않은가?

시마사는 처음에는 염황인혼탄의 위력에도 반신반의했다. 하지만 역시 천공 모용추는 주도면밀했다.

은발연화는 절대 나타나지 못할 것이라고 했다. 그 말은 그가 은발연화를 유인할 확실한 무엇인가를 가지고 있다는 것이었다. 시마사가 볼 때 그것은 상당 부분 천공 자신을 걸어야만 가능한 것이었다.

은발연화와 천공이 붙고, 도마사와 소마황이 붙는다. 그리고 자신의 역할은 염황인혼탄에 부상당한 소마황의 숨통을 끊는 것이다. 그리고 도마사까지 제거한다면?

천하는 자신의 손에 떨어질 수도 있다는 생각이 들었다.

그래서 시마사는 길을 나선 것이었다.

그런데 얼마 못 가 예기치 않은 일이 발생한 것이다. 바로 소마황의 또 다른 사매인 벽력사태가 자신을 막고

나선 것이다. 이쯤 되면 이번 천공의 계획은 또 어긋나
는 것일까?

아니다. 자신이 결코 어린 비구니에게 질 리가 없었기
때문이다. 단지 가던 길에 혹 하나 떼어 내면 그뿐이었
다.

"오늘 네게 내 혁세기 이후 보인 적이 없던 시마강혼
을 보여 주마."

확신을 가진 시마사는 처음부터 시마강혼의 강기를
십이성 끌어올려 공명을 압박하기 시작했다.

시마사가 자신의 생각에 확신을 가지고 이번 길에 나
선 것처럼 공명 또한 그랬다.

"천공은 아마도 최후의 순간까지 직접 나서는 일이 없
을 것이다."

이가원에서 정홍연이 한 말이었다.

자신이 떠나면 본문이 위태로워질까 자리를 지키고
있었지만 도령과 독고영경이 돌아온 이후로는 사정이 달
라졌다. 특히 독고영경의 성취는 놀라운 것이어서 두 사
람이 힘을 합치면 구마사 정도가 아니고서는 낭패를 당

할 리 없다고 공명은 생각했다.

구마사 중 남은 자는 도마사와 시마사 둘밖엔 없다. 그리고 공명의 생각에 사형을 상대하는 데 하나로는 부족할 것이라는 확신이 들었다. 그렇다면 남은 둘이 사형을 상대할 것인데 그것이 마음에 걸렸다.

천공은 사저로 인해 움직이지 못한다.

이 상황에서 자신이 구마사 중 하나를 맡는다면?

아마도 사형은 난관을 잘 헤쳐 나갈 것이라는 생각이 공명이 이 길을 나선 이유였다. 그러나 길을 떠나려는 찰나 혹이 달라붙었다.

그저 볼일이 있다는 말에 대사형 맹성이 제자 양현성을 붙여 버린 것이었다.

공명은 시마사의 시마강혼의 강기가 밀려들자 용호결의 선기를 내뿜아 전신을 보호하며 일백팔적연검법으로 맞서 나갔다. 두 사람이 맞붙자 주변에 파동이 강하게 일며 사두마차마저 밀려 나갔다.

양현성과 시마령주 또한 압력을 이기지 못하고 뒤로 밀려 나갔고 시야가 가려져 아무것도 볼 수 없었다.

그 때였다.

무언가 번쩍하는 것을 본 순간 마른하늘에서 뇌전이

내리 떨어지더니 시야가 환해졌다.

양현성이 앞을 보니 공명의 모습이 그대로 보였다.

"사고! 괜찮으십니까?"

공명의 입가에 흐르는 선혈을 발견한 것이었다. 깜짝 놀란 양현성이 다가서다 시마사의 모습을 보고는 자지러지게 놀랐다.

시마사, 아니 시꺼멓게 타버린 사람으로 보이는 무엇인가가 고약한 냄새를 풍기며 서서히 먼지처럼 흩어져버렸기 때문이었다.

공명이 구마사 중 하나인 시마사를 이긴 것이었다.

"사고! 감축드립니다. 벽력사태의 협명이 강호에 진동을 할 것입니다. 사고!"

양현성은 흥분을 감추지 못하고 공명을 향해 떠들어 댔다.

"벽력사태는 염병!"

공명은 양현성이 벽력사태란 자신의 별호 아닌 별호를 말하자 열이 받아 한마디 내뱉었지만 곧 잠잠해졌다.

'어찌하여 마른하늘에서도 뇌전이 내리친단 말인가?'

그것이 공명의 고민이었다.

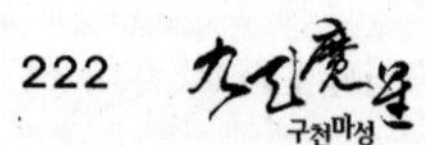

3

“따라오너라.”

“어딜 가시는지요. 사부님?”

늦은 밤 갑자기 사부인 태상의 부름을 받고 불려간 남
도천주 도마혼은 갑자기 따라오라는 사부의 말에 당황하
여 평소에 하지 않던 질문을 하고 말았다.

“네가 이제 난 보이지도 않는 모양이로구나.”

“사부님, 어인 말씀이신지요?”

도마혼은 사부 도마사의 태도가 평소와 다르다는 것
을 직감했다. 구중천을 나선 후 사부 도마사는 거의 일
체의 활동을 하지 않았다.

어쩌다 천공과의 회합에 다녀오는 것이 전부였고, 남
도천의 일에는 전혀 개입하지 않았다.

설사 잘못된 일이 있더라도 마치 보지 않은 양, 귀에
듣기 거북한 말이 들릴지라도 듣지 않은 양 그렇게 지내
온 것이 사부다. 그런 사부가 오늘은 전혀 다른 태도를
보이니 도마혼은 당황하지 않을 수 없었다.

오늘만 해도 그렇다.

내일이면 사부인 도마사와 소마황의 비무 날이니 자신이 바쁜 줄 뻔히 알 것인데 야심한 밤에 불러낸 것도 이상했다.

물론 이 비무라는 것이 사부의 허락을 받은 것은 아니었다. 하지만 도마혼은 사부가 가타부타 말이 없으니 늘 그랬듯이 암묵적인 허용을 했다고 생각하고 추진했다.

그리고 이상한 것은 더 있었다.

사부는 강호로 나온 후 남도천이 만들어진 이후 자신을 천주라고 불렀다.

도마혼은 강호의 절반을 차지한 세력의 수장으로 사부가 자신을 인정해 준 것이라고 생각했다.

그런데 오늘은 너라는 호칭을 쓰고 있는 것이다.

"감히 내 명을 네놈이 듣지 않겠다는 것이냐?"

도마혼이 멀뚱멀뚱 서서 머리를 굴리는데 갑자기 사부인 도마사의 호통이 강한 기운과 함께 터져 나왔다.

"사, 사부님! 그럴 리가 있겠습니까?"

도마혼은 당황하여 더듬거리며 무릎을 꿇으며 대답했다.

떨며 엎드린 제자를 힐끗 쳐다본 도마사는 고개를 저으며 말했다. 어느새 그의 말투는 평상시처럼 돌아가 있

었다.

"네가 소마황을 이길 수 있을 것 같으냐?"

"……."

"따라오너라. 소개시켜 줄 사람이 있다."

도마사는 더 힐책하지 않고는 밖으로 나갔다. 그 뒤를 도마혼은 화급히 뒤따랐다.

도마사가 제자인 남도천주 도마혼을 데리고 간 곳은 남도천의 뒤쪽으로 고원의 끝부분이었다. 고원이 끝나는 지점부터는 낭떠러지라 사람이 오갈 수 없는 곳이었는데 벌써 와 기다리는 사람이 있었다.

"내가 도마사령에게 일러 팽군위를 데려오게 했다. 자다 모인 것 같으니 모두 편하게 앉아 내 말을 들어라."

"존명!"

대답을 한 것은 도마사령들뿐이었다. 도마사령을 본 순간부터 도마혼은 이 일이 가벼운 일이 아니라는 것을 알 수 있었다.

도마사령은 사부인 도마사의 수신호위를 자처하는 자들로서 백 년 전부터 외부에 나서지 않은 자들이었다. 그런데 오늘 그들을 보게 되니 분명 심상치 않은 일이 생긴 것이 분명했다.

“너는 팽가의 아이라지?”

“그렇습니다. 팽군위라고 합니다. 지금은 천공께서 저를 거두어 명을 받들고 있습니다. 팽군위가 마의 스승이신 마사를 뵈옵니다.”

“그놈 입 한 번 잘 놀리는구나.”

팽군위가 천공이라는 이름에 힘을 주어 말한 후 입에 발린 소리를 하자 도마사의 눈이 가늘어졌다. 그 순간 도마혼은 부르르 떨어야 했다.

사부가 살심을 드러내는 것을 최근에는 본 적이 없었기 때문이다.

“시마사도 불렀다지?”

“그러하옵니다. 천공께서는 두 분 마사님이시면 충분히 소마황을 제압할 수 있다고 믿고 계십니다.”

“하하하하하! 천공이 그러더냐?”

“어인 말씀이신지…….”

“천공도 늙었구나. 시마사가 이곳에 올 수 있을 것 같으냐?”

“이미 출발했다는 소식을 들었습니다.”

“그러냐? 하지만 시마사는 오지 못할 것이다. 어젯밤 뇌전이 작렬했으니 아마도 지금쯤 통구이가 되어 구천을

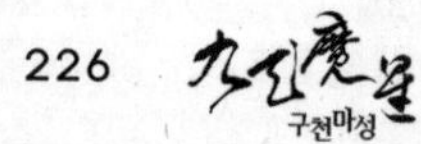

떠돌고 있을 것이다. 사령은 이 아이를 잘 살피다 넘겨
주도록 하게.”

팽군위는 도마사가 이해하기 어려운 말을 하며 사령
이란 자들에게 감시하라 하자 버럭 소리를 질렀다.

“난 천공의 전령이오. 이리 대할 수는 없소.”

“지렁이 새끼로다. 너는 어찌 저런 자와 손을 잡고 일
을 도모했느냐?”

도마사는 팽군위는 아랑곳하지 않은 채 도마혼을 질
책했다.

“송, 송구합니다. 사부님!”

“내 오늘 너에게 소개시켜 줄 사람이 있다. 그만 모습
을 보이시게.”

도마혼은 사부의 뚱딴지 같은 소리에 당황하다가는
갑자기 들려온 목소리에 놀라며 내공을 끌어올렸다. 도
마사령 역시 장내에 다른 사람이 있다는 것을 몰랐는지
병장기에 손을 대며 경계를 강화했다.

“인사가 늦었습니다. 이윤이라고 합니다.”

“커억! 소마황! 마사께서는 천공을 배반하려 하시오?”

나타난 사람은 이윤이었고, 놀라 소리친 자는 팽군위
였다.

도마혼은 이게 무슨 일인가 싶어 사부 도마사와 이윤의 얼굴을 번갈아 쳐다보았다.

"오늘 밤 나와 소마황은 이곳에서 일전을 벌일 것이다. 결과가 어찌 되던지 너와 남도천은 이제 구천마성의 지배에서 영원히 벗어나게 된다. 내가 지든 이기든 말이다. 내 마지막으로 네 사부로서 명하노니 이 비무가 끝나면 더 이상 구중천은 없다. 남도천도 없다. 예전 그대로 도천이란 도를 숭상하는 문파로 돌아가거라. 천공도 오래는 못 갈 것이다."

도마혼은 사부인 도마사의 말에 부들부들 떨었다. 그만큼 도마사의 말은 충격적인 것이었다.

"그대가 구천마성을 다시 만들지 않을 것이란 것을 약속했는데 그것을 이 아이에게 다시 말해 줄 수 있는가?"

"당연한 일입니다. 혁세기는 제 사부가 아니니 저도 소마황이 아니지요."

이윤이 도마혼을 바라보며 말했는데도 도마혼은 아직 정신을 차리지 못했다.

"내 제자를 잘 키우지는 못했지만 사부의 명을 거역하지는 않을 것일세. 도마사령에게도 명을 내렸으니 자네와 나의 승부가 끝나면 더 이상 도천과 자네와의 은원은 없다네.”

“감사합니다.”

이윤은 묵묵히 도마사의 말을 받았다. 그리고 어떤 마사를 만났을 때보다 그에게 감복했다.

다른 마사들은 모두가 자신을 증명하는 데만 급급해 있었는데 어젯밤 만난 도마사는 전혀 달랐던 것이다.

그는 자신의 성취를 증명하는 것보다는 후손들의 안녕을 염원했다. 그렇다고 해서 소마황인 이윤과의 일전을 포기한 것은 아니었다.

그 역시 무인이니 자신에게 패배를 안긴 자의 성취를 이은 이윤과의 일전을 누구보다 원했던 것이다.

“이 도는 나와 평생을 함께한 대력패왕도일세. 오늘 그 끝을 보고자 하네.”

도마사가 도마사령 중 한 명이 건넨 대도를 받아 들고 일어서 성큼 나섰다.

이윤 역시 아수라묵죽검을 꺼내 진기를 주입했다.

적연검으로 승부를 할까도 생각했지만 구천마황 혁세기의 검으로 승부를 보는 것이 도마사에 대한 예의라고 여겼기 때문이었다.

“좋구나. 오늘 비로소 빙마사가 구마사 중 가장 현명

한 선택을 한 것임을 알았다. 모두들 네가 남긴 말을 명
심하여라.”

도마사는 아수라묵죽검에서 새어 나오는 흰색의 진기
를 바라보며 한마디를 남기고는 대력패왕도를 들고 이윤
에게 달려들었다.

파파팡!

퍼펑!

고원 위는 삽시간에 진기의 폭풍으로 덮여 버렸다. 도
마사령은 팽군위를 제압한 채 밀려드는 압력을 피해 뒤
로 분분히 물러섰다.

오직 도마혼만이 밀려드는 압력이 사부의 마지막 선물
이라고 생각하며 묵묵히 고통을 참은 채 자리를 지켰다.

죽었다던 소마황의 재림은 그렇게 알려지며 천하를
요동치게 했다. 하지만 만인이 기대하던 비무는 끝내 열
리지 않은 채 비무대 위는 바람만이 황량하게 불며 울어
댔다.

5.

모용풍운(貌容風雲)

구천
마성

1

화산의 중앙에 자리한 건물은 조사인 검선 여동빈을 모시는 사당이다.

그 사당의 앞에는 큰 광장이 만들어져 있었고 좌우로 도가의 신물들을 형상화한 조각들이 널려 있었다.

이곳은 신성한 곳이라 하여 일반 제자의 출입을 금하는 곳이기도 했다. 그런데 지금의 모습은 신성한 조사당의 모습이 아니었다. 조각들은 모두가 부서져 있었고 조사당의 문이 뜯겨져 날아간 상태였다.

심지어 검선 여동빈의 초상마저 갈가리 찢겨 밖에 나

뒹굴고 있었다. 그 주변에는 화산제자들이 검을 들고 조사당 밖을 지키고 있었는데 그 삼엄함이 여느 때와 같지 않았다.

"어쩌다 도문인 우리 화산에 그런 놈이 나타났다는 말이오? 도대체 그놈이 어떤 마공을 익힌 것이오? 말을 해 보시오, 장문!"

조사당 안에는 많은 노도사들이 둘러앉아 있었는데, 그중 한 노도사의 입에서 당대의 장문인 매화신검 악천군을 향한 질책이 쏟아져 나왔다.

"송구합니다."

악천군은 입이 열 개라도 할 말이 없었다. 자신이 거두어들인 수제자로 인해 이미 은거에 들었던 화산십로를 불러냈음은 물론이요, 조사당은 다 파괴되고 산문은 불에 탔으며 수없이 많은 제자들이 부상을 당했기 때문이었다.

그에게 지금 이 상황은 악몽과 다름없었다.

악몽의 시작은 바로 대제자인 악성추로부터 시작되었다. 참회동에서 반성을 하며 수련을 하고 있어야 할 악성추가 갑자기 눈이 벌게진 채 마기가 줄줄 흐르는 기이한 도를 들고 난입하여 살육을 시작한 것은 바로 어젯밤

구천마성

이었다.

그리고 악성추는 이미 화산제자도 아니었고 이미 인간이 아니었다. 미친 듯이 도강을 폭사시키며 닥치는 대로 살기를 쏟아내며 살육을 벌였는데 그동안 화산제자들은 모두가 화산의 이곳저곳으로 도망 다니기에 급급했다.

도저히 상대가 되지 않았던 것이다. 급기야 조사당 안에 모셔진 검선 여동빈의 초상이 훼손되고 나서야 원로들이 은거해 있는 천수동에 소식이 전해졌고, 화산십로가 다시 세상에 나와야 했다.

하지만 화산십로가 합공을 하고도 악성추를 제압하는 데는 실패했다. 화산십로가 누구인가?

화산파에서 가장 뛰어난 고수로 추앙받는 원로중의 원로였다.

하지만 그들도 악성추와의 대결에서 곧 위기에 몰렸다. 악성추의 도에서 끊임없이 솟아나는 강기를 막아 낼 수 없었던 것이다.

그러나 다행스럽게도 화산십로가 죽음의 문턱에서 간신히 버티고 있을 때 갑자기 악성추가 손을 거두고 미친 듯이 어디론가 도망치듯 사라져 버렸다.

　이해하기 힘든 일이었지만 그나마 천만다행이라 여긴 악천군은 지금 조사당에서 원로들을 포함한 수뇌부 모두를 모아놓고 대책을 논의 중이었는데 당연하게도 악성추의 사부인 자신에게로 화살이 쏟아져 들었다.

　"그놈이 어디서 극악한 마공을 얻어 몰래 익힌 것이 확실하오. 그것이 어찌 장문 사질의 잘못만이라 할 수 있겠소?"

　한 원로가 이번엔 악천군의 편을 들고 나섰다. 그러자 조금 기운을 얻은 악천군이 말했다.

　"지금은 무엇보다 부서진 조사당을 복원하고 산문을 다시 세울 때입니다. 그리고 나서 저 악성추란 잔악한 놈을 어찌할까 논의해야 되지 않겠습니까?"

　"끄응!"

　"으흠!"

　장문인 악천군의 말에 여기저기서 참담한 신음 소리가 흘러나왔다.

　불과 몇 시진 전에 본 악성추의 마공을 생각하건데 설사 조사당을 복원하고 산문을 다시 세우고 나서도 어찌해 볼 뾰족한 묘안이 생겨날 것 같지 않았던 것이다.

　그 때 갑자기 문이 열리며 제자 한 명이 뛰어 들어왔다.

“보고드립니다. 산문 밖에 장문인을 뵙고자 하는 손님이 찾아와 기다리고 있습니다.”

제자의 말을 들은 악천군은 기가 막혔다.

‘기강이 무너지는구나. 원로들의 회합에 이대제자가 마음대로 뛰쳐 들어오니… 크으!’

평소 같으면 있을 수도 없는 일에 악천군은 화보다는 허탈하기 그지없었다.

“지금이 향화객을 받을 때로 보이느냐?”

“아니옵니다.”

“그런데 넌 뭘 보고 멀뚱멀뚱 서 있는 게냐?”

“예?”

“네 이놈! 가서 손님을 돌려보내지 않고 뭘 보고 서 있는 것이냐?”

“하오나……”

“그래도 이놈이?”

악천군은 화가 머리끝까지 나 벌떡 일어서는데 이대제자가 모기 날아가는 것 같은 목소리로 엎드리며 말했다.

“돌, 돌려보낼 수가 없습니다. 장문인!”

“돌려보낼 수가 없다니? 지금은 아무리 지체가 높은

향화객도 받을 수가 없다지 않느냐?"

"그런 것이 아니오라……."

"그런 것이 아니라 뭐?"

"손님이 여인이온데… 머리 색깔이 은빛이온지라……."

"뭐가 어쩌고 어째? 뭐라고 머리 색깔이 은빛인 여인이라고?"

그제야 악천군은 이대제자가 왜 그리 당황했는지 조금은 이해가 갔다.

머리 색깔이 은빛인 여인이라면 당금 강호에 단 한 명밖에 없는 절대고수를 의미한다.

바로 은발연화가 화산을 찾은 것이었다.

'은발연화가 왜?'

산문 앞에서 기다리고 있는 사람은 악천군의 생각대로 바로 은발연화 정홍연이었다.

생각 같아서는 그대로 뛰어 들어가 악성추를 찾아보고 싶었지만 구파의 하나인 화산에 그렇게 난입하는 것은 바람직하지 않다는 생각에 방문을 알리고 기다렸지만 마음은 편하지 못했다.

'법과 도리가 이럴 땐 무색하구나. 휴우~'

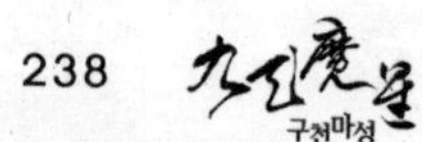

이런 상황에서 예의를 따져야 하는 자신이 스스로 한심하다는 생각이 들자 저절로 한숨이 나왔다.

산문이 불탄 채 무너져 있으니 확실히 자신이 찾기는 바로 찾은 것이라고 생각한 정홍연은 일단 화산 안으로 들어가 상황을 파악해 보기로 하고 당장이라도 뛰어 들어가고 싶은 마음을 억누르며 기다렸다.

그렇게 기다린 지 반 시진이 지나서야 중년의 도사 한 명이 밖으로 나와 인사를 건넸다.

"어서 오십시오. 화산제자 악명춘이 은발연화를 뵈오."

"은발연화는 말하기 좋아하는 사람들이 붙인 허명에 불과합니다. 정홍연이 인사드려요."

중년의 도사가 자신을 악명춘이라고 말하며 인사를 건네자 정홍연 역시 정중하게 인사를 했다.

악명춘은 바로 서지명이 자신이 구천마황대의 가문인 줄 모르고 화산의 속가로 있을 때 사부였던 도사였는데 정홍연은 그것을 알지 못했다.

"어인 일로 저희 화산을 찾으셨는지요?"

"장문인을 뵙고 여쭐 것이 있습니다. 매화신검께서는 계신지요?"

"음! 좋습니다. 일단 안으로 드시지요."

　매화신검 악천군이 상황을 살펴보고 어쩔 수 없으면 데려오라고 했는데 정홍연이 그냥 물러설 태세가 아니라 느껴지자 악명춘은 정홍연을 안으로 안내했다.

　정홍연이 안으로 들어가며 살펴보니 여기저기서 혈전의 흔적들이 발견되었다.

　'이놈이 벌써 이곳으로 와 살육을 벌인 모양이구나.'

　정홍연은 내심 악성추가 이곳을 이미 다녀갔음을 직감하고는 악명춘을 따라 조사당으로 들어섰다.

　"어서 오시오. 화산장문 악천군이 은발연화를 뵈오."

　"장문인을 뵈옵니다. 정홍연이라고 합니다."

　"그런데 어인 일로 우리 화산을 찾으셨는지요?"

　"장문인께 여쭐 일이 있어 이렇게 결례를 무릅쓰고 찾아뵈었습니다."

　"결례라니 당치 않습니다. 천하제일고수이신 정 소저를 모신 것만 해도 영광입니다."

　악천군은 일단 정홍연의 얼굴에 금칠을 했다. 지금 강호에서 가장 강한 고수로 자타가 공인하는 고수가 정홍연이었다.

　물론 무죽림주가 있었지만 그와 함께 무죽림을 만든 구파의 장문인들조차도 그의 정체를 정확히 알 수는 없었으니 은발연화와 척을 지지 않는 것이 지금은 무엇보다 필요한 때라는 것이 악천군의 판단이었다.

"제가 귀파를 찾은 것은 장문인께 여쭐 것이 있어서입니다. 귀파에 악성추란 이름을 가진 제자가 있다고 들었습니다."

악천군은 정홍연의 입에서 악성추란 이름이 나오자 그가 갑자기 살육을 멈추고 허겁지겁 떠나 버린 것이 이해가 갔다.

바로 은발연화를 피해 도망친 것이 확실했다.

하지만 그렇다고 해서 여기서 악천군은 은발연화 정홍연에게 감사를 표할 수는 없었다. 지금 자신의 말 한마디에 화산의 명예가 걸려 있었기 때문이다.

"악성추란 제자가 있는 것은 확실합니다. 그런데 무슨 일로 본 파의 제자를 찾으시는지요."

정홍연은 악천군의 말에 속으로는 고소를 지었지만 다른 방법이 없었다. 명예를 중시하는 화산파의 장문인이 자파에 있었던 일을 외인에게 고분고분 설명해 줄 리는 없었기 때문이다.

"그 귀파의 제자가 마병을 얻었다는 것을 알게 되었습니다. 어디에 있는지 알려 주신다면 제가 마병을 회수하려 합니다."

"그렇습니까? 그렇지 않아도 그자가 본파의 명예를 실추시키는 행동을 하고 산문을 벗어나 도첩을 내어 잡아들이려는 중이었습니다. 그렇다면 본파에서 그자를 잡아 마병을 회수하면 연락을 드리도록 하겠습니다."

정홍연은 악천군의 말에 가슴이 답답해져 왔다.

자신도 마병의 기운이 다 흡수되면 승부를 장담하기 어려운데 화산장문의 무공을 보건대 그건 거의 불가능한 일로 보였던 것이다. 그렇다고 여기에서 그렇게 말할 수는 없었기에 하는 수 없이 물러날 수밖에 없었다.

"잘 알겠습니다. 그럼 저는 이만 물러가겠습니다."

"먼 길을 오셨는데 차나 한 잔 하시고 가시지요."

입에 발린 소리가 흘러나왔다.

정홍연은 자신이 차를 마신다고 하면 어떤 반응이 나올까 궁금하다는 생각이 들었지만 목례를 하고 돌아섰다.

하지만 악천군에게 전음을 남기는 것을 잊지 않았다.

[장문인! 내가 물러나 악성추란 자를 찾으면 필시 그자는 목숨을 잃을 것입니다. 그렇게 되더라도 저를 탓하진 마세요.]

악천군의 얼굴이 일순 굳어졌다. 하지만 다시 얼굴을

편 악천군은 정홍연의 전음에 화답했다.

"그자는 이미 본 파의 제자가 아닌 것이나 다름없습니다. 살펴 가십시오."

정홍연은 그렇게 화산에서 물러났다.

화산을 내려오며 정홍연은 악성추가 어디로 갔을까를 곰곰이 생각했다.

'모용가로 갔을까?'

그녀가 생각하기로 전혀 예상치 못한 인물이 제령도를 소유하게 된지라 쉽사리 판단을 내리기 힘들었다.

일단 모용가를 살피기로 한 정홍연은 발길을 동쪽으로 돌렸다. 섬서에서 심양은 천 리도 넘는 길이다.

갈 길도 바빴지만 마음도 바빴다.

2

대도에는 수많은 고루거각을 거느린 객잔과 기루들이 자리하고 있었지만 가장 유명한 곳은 의외로 규모가 작은 객잔이었는데 이름은 동모객잔이었다.

동모객잔이 이름을 날린 것은 천하무림이 풍랑에 휩싸이던 때였는데 바로 구천마성의 구중천이 중원으로 들어오기 바로 직전이었다.

그때 구천마황 혁세기의 신물인 백옥선이 황산에 출몰했다는 소문이 돌면서 대도에서 산서와 산동 무림문파들의 회합이 있었고, 때맞춰 대도를 방문했던 무림일군 모용소군이 동모객잔에 묵으면서 유명세를 탔다.

그 이후로 동모객잔은 모용소군이 묵었던 별채를 일군각이라고 이름 지었는데 손님들이 끊이질 않았고 세월이 흐르며 가장 유명한 객잔으로 자리 잡게 되었다.

그 동모객잔은 오늘도 성업 중이었는데 객방은 물론이요 식사를 하려 해도 줄을 서 기다려야 할 정도였다.

그런 혼잡한 틈을 타 한 검을 등에 맨 젊은 무사 한 명이 동모객잔에 발을 들이고 있었다.

"식사를 하시려면 좀 기다리셔야 합니다. 객방은 당연히 없고요."

동모객잔의 점소이가 젊은 무사를 힐끗 보며 상투적인 어투로 말하자 젊은 무사는 흔쾌하게 대답했다.

"기다리겠네."

'그럼 기다려야지, 네깐 놈이 어쩔 것이여. 이곳이 어디 보통 객잔인가?'

동모객잔의 영업 방침에 익숙해져 있는 점소이는 당

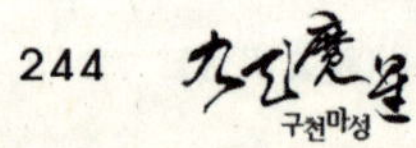

연하다는 표정으로 속으로 말하며 부지런히 주방으로 들어갔다.

주방 안에는 장방이자 숙수인 장모삼과 여인 한 명이 부지런히 요리를 하고 있었다.

"아! 글쎄 나 혼자로도 충분하다니까? 혹시 소군님이 아시기라도 하면 어쩌려고 자꾸 나와 험한 일을 하시오?"

"힘들기는요. 그리고 소군 언니가 알아도 오히려 부지런히 일하는 것을 보면 오히려 기뻐할걸요?"

"거참! 우리 객잔에선 낭자가 귀빈이오, 귀빈! 귀빈이 주방에서 일을 하면 되겠소?"

"호호호! 귀빈도 밥값은 해야지요."

여인은 한 달 전부터 동모객잔에 들어와 숙식을 하고 있는 여인이었는데 그녀가 차지한 곳은 다름 아닌 별채였다.

게다가 돈이 없다고 하는데도 장모삼이 거의 반 강제로 별채를 통째로 내주자 점소이 둘이 장모삼에게 따지기까지 했었다.

"도대체 누군데 별채를 공짜로 내주십니까?"

"넌 몰라도 된다."

"몰라도 되다니요? 별채에서 하룻밤 자려면 최소 은자 닷 냥인데 공짜로 주다니 아깝지도 않으세요?"

"야 이놈아! 넌 저 낭자가 누군지 몰라서 그런 말을 하는 것이여."

"아! 그러니까 누구냐고요?"

"험! 잘 들어라. 바로 저 낭자가 소군님이랑 언니 동생하는 사이다. 이제 알겠냐?"

"에이 설마!"

점소이들은 장모삼의 말을 전혀 믿지 않는 눈치였다. 그러나 근 한 달이 지나가는데도 여인이 떠나지 않고, 장모삼은 돈 받을 생각을 하지 않아 조금씩 믿어 가는 눈치였다.

그리고 한 삼 일이 지나면서는 별채의 여인이 주방으로 나와 일을 하기 시작했는데 그 이유를 듣고는 점소이들은 그만 정신이 아득할 지경이었다.

돈이 없으니 숙식비를 일해서라도 내겠다는 것이었다.

장모삼은 죽어라 따라다니며 말렸지만 여인은 아랑곳하지 않았고 손님은 더 늘어났다.

그건 여인의 미모가 소군에 버금갔기 때문이었는데,

소문에는 모용소군의 동생이라는 말까지 나돌았다.

어찌 되었건 소문 때문이었는지는 몰라도 가끔씩 발생하는 무림인들의 충돌도 거의 없어졌고 동모객잔의 수입은 날이 갈수록 늘어만 가고 있는 중이었다.

"저기 소저! 오늘은 소면 한 그릇만 나가면 끝이니 그만 쉬세요. 소면 한 그릇 먹으려면 다른 객잔에 갈 것이지 이곳엔 왜 온담?"

점소이는 별채의 여인에게 웃으며 그만 들어가 쉬라고 재촉하며 방금 들어온 젊은 손님을 헐뜯었다.

그 때 별채 여인의 입에서 의외의 말이 나왔다.

"그 소면은 내가 내어 갈게요."

"예? 안 됩니다. 장방님이 알면 큰일 나요."

"걱정 마세요. 아무튼 소면은 내가 내어 갈 것이니 잠시 쉬세요."

장방인 장모삼은 별채의 여인이 음식을 나르는 일만은 극구 막았다. 그것은 여인의 미모에 혹시나 불상사가 생길까 걱정해서였는데 여인도 따라왔었다.

그런데 오늘 갑자기 소면을 자신이 내어가겠다고 하니 도무지 영문을 모를 일이었다.

소면은 늦게 만들어졌다.

일단 자리가 없으니 자리가 나길 기다렸다가 손님이 자리에 앉자 음식을 내어 가게 된 것이다.

머리에 쓴 건을 벗은 별채의 여인이 조심스럽게 소면을 담은 그릇을 양손으로 들고는 주방 밖으로 나가자 여기저기서 사람들이 웅성웅성대기 시작했다.

누가 소군과 자매로 불리는 여인의 수발을 받는다는 것이 충격이었던 것이다.

여인이 소면 그릇을 내려놓자 젊은 무사가 고개를 들어 여인을 바라보더니 멍해졌다.

"사매!"

"사형!"

"여기에 와 있는 줄은 몰랐다."

"사형을 오실 때를 기다렸어요. 우리가 같은 꿈을 꾸기 시작한 곳이 이곳이잖아요."

"사매!"

젊은 무사는 바로 이윤이었고, 별채의 여인은 다름 아닌 정홍연이었던 것이다.

장모삼도 무슨 일인가 싶어 밖을 내다보다 이윤을 알아보고 뛰쳐나와 인사를 했다.

"어서 오십시오, 공자! 이게 얼마 만이십니까?"

“그동안 강령하셨소?”

“여기서 이러실 것이 아니라 안으로 드시지요.”

“일단 사매가 가져다 준 소면을 먹고 들어가겠습니다. 몹시 시장하군요.”

이윤은 정홍연이 내온 소면을 천천히 먹기 시작했다. 사람들은 그 모습을 보며 이윤이 모용세가의 인물이 아닌가 하며 수군거리기 시작했다.

정홍연은 그런 것에 아랑곳하지 않고 맛있게 소면을 먹는 이윤을 부드러운 미소로 바라보았다.

이윤이 식사를 마치자 장모삼은 서둘러 두 사람을 별채로 안내했다.

“머리카락 색깔이 원래대로 돌아왔구나?”

장모삼이 물러나고 두 사람만이 남게 되자 이윤은 가장 먼저 정홍연의 머리카락 색깔이 원래대로 검은색으로 돌아왔다는 것을 그제야 발견했다.

“염색을 했어요. 내력을 쓰지만 않으면 은발로 변하지는 않아요.”

“……”

이윤은 할 말을 잃었다.

정홍연의 은발도, 그리고 은발연화란 별호도 그에게

는 아픔이었기 때문이다.

한참을 서로 바라만 보다 이윤이 다시 말문을 열었다.

"제령도에 대한 이야기를 들었다."

이윤은 그렇게 입을 연 후 자신이 죽림에서 본 것들과 들은 것들을 정홍연에게 이야기했다.

어쩌면 정홍연이 그것을 모두 이미 알고 있는지도 모를 일이었지만, 그래도 이윤은 자세하게 이야기했고 정홍연은 귀 기울여 들었다.

"결국 모든 것은 도방이란 곳과 구천마황 혁세기란 사람으로부터 시작된 것이로군요."

"그렇게 된 것이지. 모든 비극이 그에게서 시작되어 지금에 온 것이긴 하지만 다행스런 것도 있다."

정홍연은 다행스런 것도 있다는 이윤의 말에 그를 물끄러미 바라보았다.

"첫 번째 다행인 것은 내게 사부님은 단 한 분뿐이라는 것이다."

정홍연의 눈에 눈물이 맺혔다.

전모를 알게 되어 구천마황 혁세기는 더 이상 이윤의 사부일 수가 없었다. 그의 욕망들에 의해 조종되어져 이윤이 소마황이 된 것이나 마찬가지였으니 말이다.

그렇다면 이윤에게 사부란 단 한 사람!

정홍연의 아버지인 정여립밖에는 없었다.

그 말이 이미 원신을 얻어 반신의 경지에 오른 정홍연의 눈물샘을 연 것이었다.

"두 번째는 사매를 만나게 해주었으니 난 그것만으로도 그에게 감사할 수 있다."

이윤의 다음 말에 정홍연이 두 뺨으로 눈물이 폭포수처럼 흘러내렸다.

그것을 본 이윤은 다행이라고 생각했다. 아직 눈물이 남았으니 사매는 아직 사람이고 그러니 함께할 꿈을 포기하지 않아도 된다는 안도감 때문이었다.

"사형은 정말 미워요."

"난 아직 우리가 같은 꿈을 꿀 수 있을 것이라고 믿는다. 그것이 예전의 그 꿈이 아니더라도 말이다."

정협지몽(正俠之夢)!

이윤과 정홍연은 함께 정협이 되고자 하는 꿈을 꾸었다.

비록 이윤이 정홍연에게 자신이 소마황임을 숨기고 있을 때였지만 그때만은 두 사람 모두 하나의 꿈을 꾸었다.

지금에 와서 이제 정협이 되고자 했던 꿈은 더 이상 꿀 수 없을지도 몰랐다.

한 사람은 세상에 알려진 구천마성의 마황이고, 또 한 사람은 자타가 공인하는 천하제일고수였으니 말이다.

하지만 꿈이란 것은 다시 꾸면 되는 것이라고 이윤은 생각했다. 이제 자신의 원한과 증오에 싸였던 여정도 막바지에 왔다는 것을 알고 있었다.

그 일만 마무리 지으면 비록 예전에 가졌던 것과 다르더라도 함께 꿈을 꿀 수 있을 것이라고 생각했다.

이윤은 반드시 그렇게 될 것이라고 믿었다.

그리고 정홍연은 그런 이윤을 믿었다.

3

심양은 춘추전국시대에 연나라가 성을 설치하고 한나라 때에는 요동부가 설치되어 도읍의 기틀이 마련된 도시다.

한때 고구려의 지배를 받기도 했고 주변 이민족들의 지배를 받기도 해 여러 민족이 유입되어 중원의 다른 도읍들과는 다른 문화와 생활이 공존했다.

심양에서 가장 오래된 것을 꼽으라고 하면 바로 모용세가를 꼽을 수 있다.

모용세가의 발원은 여러 추측만 나돌 뿐 명확한 시기는 없다. 그만큼 모용세가가 역사와 전통을 자랑하는 무가라는 반증이었는데 당대에 와서도 모용세가의 위세는 전혀 위축됨이 없었다.

오랜 세월 동안 무림이 구천마성의 지배를 받아왔지만 군림 하나 통치하지 않는다는 원칙에 의거 모용세가 또한 큰 타격 없이 유지되었고, 구중천이 무림으로 나온 이후로도 당대가주인 모용설지의 입신에 다다른 처세술로 구중천과의 정면충돌을 피함으로써 그대로 무력을 유지했다.

그러나 오랫동안 유지해 온 정도맹의 수좌자리는 소림이 모용세가의 허락 없이 정도맹에서 이탈하면서 유명무실해진 상태였다.

하지만 모용세가가 정도맹의 수좌 자리를 잃었다고 해도 누구나 함부로 드나들 수 있는 곳은 아니었는데, 방문을 위해서는 반드시 모용세가에서 사전에 발행한 증표가 필요했다.

하지만 오늘 증표도 없이 찾아온 일남일녀가 천하제

일가인 모용세가 앞에서 가주인 일후 모용설지를 만나겠다고 버티고 있었다.

“방금 뭐라 하셨소? 가주님을 만나러 오셨다고?”

“그렇소. 가주인 일후를 만나러 왔소.”

정문의 수비무사는 황당하다 못해 흥분해 입김을 내뿜으며 면전에서 가주인 일후님께 존칭도 붙이지 않고 말하는 청년을 노려보았다.

청년은 이윤이었고 동행한 여인은 정홍연이었는데, 모용세가에 들어가는 것만큼은 두 사람 모두 정면 돌파를 택했다.

이윤은 자신의 외가이자 원수인 모용세가에 밤고양이처럼 숨어들기는 싫었고, 정홍연은 그런 이윤의 마음을 헤아렸던 것이다.

“아니 젊은 양반! 당신이 가주님을 만나겠다고 하면 내가 네 알겠습니다. 모시겠습니다. 하고 들어가 가주님을 불러내야 하는 거야?”

“그럼 어찌하면 가주를 만날 수 있소?”

역시 존칭이 없다. 설사 가주를 만날 자격이 되는 인물일지라도 분명 좋은 뜻으로 찾아온 자가 아닐 것이라고 생각한 수비무사는 자기 선에서 일을 마무리 지어야 하겠다고 생각했다.

"내 젊은 사람들이라 실수로 그러느니 하고 없던 일로 할 것이니 물러가쇼. 여기가 어딘지 아시오? 천하제일세가 일후님이 계시는 모용세가요, 알겠소? 이곳에 와서 일후님을 뵈려면 증표가 있어야 되오. 알겠소?"

완곡한 말로 마무리를 지은 무사는 뒤로 돌아 자신이 참 잘도 참았다고 스스로를 칭찬하면서 원래의 자리로 걸음을 옮겼다. 그런데 이번에는 여인의 목소리가 그의 발목을 잡았다.

"그렇다면 소군 언니를 만나게 해주세요. 소군 언니께 정홍연이 뵙기를 청한다고만 전해 주세요."

'정홍연? 소군님과 관련된 사람 중에 그런 이름이 있었나?'

무사는 정홍연의 말에 잠시 멈칫하다가는 돌아서더니 말했다.

"좋소. 내 이름을 안에 전하긴 하겠소만 만약 소군님과 아는 사이가 아니면 경을 칠 것이니 그리 아시오."

정홍연의 목소리에서 나온 묘한 기운에 자신도 모르는 사이에 연통을 넣겠다는 말을 내뱉고만 무사는 하는 수 없이 위협적인 한마디를 내뱉고는 안으로 들어갔다.

무사가 안으로 들어가자 정홍연에게 말했다.

"안으로 들어가면 저는 제령도가 이곳에 있는지 찾아볼게요. 사형은 일후를 만나세요. 일후를 만나면 모용추가 나오겠지요."

"그리하마."

이윤은 정홍연에게 제령도를 맡기는 것이 꺼려졌지만 일단은 수용을 했다. 일후와 자신의 대화를 정홍연이 듣지 않길 바랐기 때문이었다.

대략 이각의 시간이 지나자 문사 차림의 중년인이 들어간 무사와 함께 나오더니 정홍연을 향해 물었다.

"소저의 이름이 정자 홍자 연자 가 확실하오?"

"그래요. 내가 정홍연이에요."

"이분은 누구시오?"

"제 사형이세요."

"좋소. 일단 객청으로 모시라는 소군님의 명이 계셨소. 따라오시오."

중년인의 말에 이윤과 정홍연의 눈이 마주쳤다. 두 사람이 알고 있는 모용소군이라면 나와서 두 사람을 맞이하고도 남았다. 두 사람의 정체를 다 알고 있으니 말이다.

아무리 모용세가가 천하제일가라고 해도 당금 무림에

서 천하제일인 은발연화와 소마황 이윤의 방문을 집사로
보이는 자로 맞이하게 할 수는 없었다.

그만큼 두 사람의 무명은 무림을 좌지우지하고도 남
을 이름이었던 것이다.

아니 그렇게 했다면 모용세가의 입장으로 봐 이미 적
을 맞을 채비를 하고 있다고 봐야 했다.

분명 제대로 전달이 되지 않았거나 내부에 무슨 일이
생겨 확인할 수 없는 상태일 것이라고 이윤과 정홍연은
생각했다.

아니나 다를까 두 사람은 평범한 객청으로 안내되어
하염없이 기다리는 신세가 되었다.

그것이 두 사람에게는 오히려 기회가 되었다. 정홍연
은 바로 객청을 빠져나가 제령도의 위치를 찾기로 했고,
이윤은 일단 모용소군이든, 가주인 모용설지든 누군가
자신을 부르기를 기다렸다.

그것은 이윤에게 상당한 인내심을 요구하는 일이었다.

마음 같아서는 당장이라도 무력을 행사해 모용설지를
불러내고 싶었던 것이다. 하지만 이윤은 기다리기로 했다.

자신도 그들과 같아서는 안 된다는 생각이 그를 객청
에 잡아 놓았던 것이다.

그렇게 기다린 지 한 시진이 지나서야 초로의 인물이 객청을 찾았다.

"귀하가 정말 이윤이라는 이름을 가진 사람이오?"

"그렇소."

초로의 인물은 이미 이윤에게 적의를 드러내고 있었다. 적의가 가득하면서도 예의를 잃지 않는다는 것은 이미 자신의 존재가 모용설지에게 전달되었다는 것을 의미했다.

"괜한 행동으로 목숨을 잃지 마시오."

이윤은 초로의 노인이 내력을 끌어올리는 것을 감지하고는 나직하게 입을 열었다. 이윤의 말에 움찔한 노인은 정식으로 자신을 소개했다.

"대모용세가의 총관인 모용관추라 하오. 가주께 모실 것이니 따라오시오."

총관의 말에 이윤은 적연검을 움켜잡고 뒤를 따랐다.

이윤이 안내된 곳은 모용세가의 대연무장이었다.

연무장의 크기도 워낙 컸지만 연무장 안에 모인 사람의 수가 많지 않아 더욱 크게 느껴졌다.

연무장 중앙의 단에는 모용설지가 앉아 있었고, 좌우로는 모용세가의 원로들로 보이는 인물들이 십여 명 앉

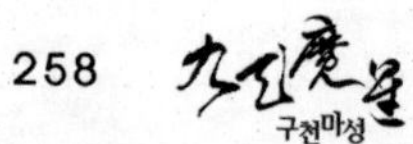

아 있었다.

　그리고 아래로는 대략 오십여 명의 흑의무사들이 자리하고 있었는데 하나같이 예사롭지 않은 예기를 내뿜고 있었다.

　'저자들이 바로 건곤파섬대로군.'

　이윤은 어렵지 않게 흑의무사들의 정체를 파악해 냈다. 흑의무사들은 모두 모용세가의 절대검공인 건곤파섬검만을 익힌 최정예들이었던 것이다.

　건곤파섬대가 만들어진 이후 아직까지 세상에 나온 바가 없지만 공공연히 소문은 나돌아 이윤도 들은 바가 있었다.

　건곤파섬대가 나선 것만 봐도 모용설지가 자신을 어떻게 대하는가를 알 수 있었다.

　이윤은 천천히 연무장 중앙을 향해 걸어가다 모용설지를 십 장 앞두고 멈춰 섰다.

　"함께 온 동행은 어디에 있느냐?"

　"따로 볼일이 있어 함께하지 못했소."

　"적으로 온 것이냐? 아니면 외가를 찾아온 것이냐?"

　모용설지의 말에 이윤은 분노가 치밀어 올랐다.

　"이보시오, 가주! 세상에 딸도 모자라 조카까지 죽이

려는 외가도 있소?”

분노로 가득 찬 이윤의 말에 모용설지의 눈가가 파르르 떨렸다. 적의로 찾은 것이다.

“가문을 위협하는 한 딸도 사위도 조카도 용서하지 않는 것이 바로 본가의 율법이다.”

“그래서 내 어머니를 그리 죽이셨소? 그래서 내 아버지를 구마사에게 넘겨 그리 죽이셨소? 그래서 내 사매를 납치해 빙궁의 살을 에는 얼음 속에 가두셨소? 그 잘난 모용가의 율법이 가족의 목숨보다도 소중했소?”

이윤이 참지 못하고 울분을 토해 냈다. 그리도 이성을 가지고 대하리라 다짐했건만 모용설지의 말에 모든 인내심이 한순간에 무너져 내렸다.

“이보시오, 가주! 그럼 내가 오늘 외가가 아닌 정도맹의 모용세가로 와 마황의 신분으로 그대들을 단죄하오리까? 내 삶의 원한과 분노는 그대들의 목숨으로도 다 하지 못하오. 모용추를 나오라 하시오? 그 잘난 그대들의 조사인 모용추가 벌인 일을 내 오늘 기필코 단죄해야겠소. 모용추! 나오너라.”

이윤의 말에 모용설지와 단상의 원로들이 분분히 병기를 집어 들고 일어섰다. 그러자 건곤파섬대 또한 분노

 九신魔星
구천마성

의 검기를 그대로 이윤에게 쏟아 냈다.

"말을 삼가라. 네 조사시다."

모용설지가 분노의 일갈을 토해 냈다.

"크하하하하하! 정말 어이가 없구나. 자신의 후손들을 아무렇지도 않게 죽음으로 몰아내는 자가 조사라니! 이제 와서 당신도 내 이모 행세를 하려는 것인가?"

이윤은 분노가 극에 달하자 아수라묵죽검을 꺼내면서 그대로 진기를 주입했다.

그리고는 그대로 건곤파섬대를 향해 몸을 날렸다.

크아악!

크윽!

이윤은 전혀 기파를 쓰지 않은 채 전에 하북 팽가에서 그랬던 것처럼 그대로 아수라묵죽검을 휘둘렀다.

아수라묵죽검의 검신이 된 이윤의 기운은 그대로 건곤파섬대의 뼈와 살을 갈라내며 연무장을 피바다로 물들였다.

불과 일각!

천하제일세가 모용세가의 연무장은 최정예라는 건곤파섬대 오십 명의 피로 물들여졌다.

이윤은 이미 멈출 마음이 없었다.

이 순간, 그의 머릿속을 지배하는 것은 오로지 어머니의 가슴을 타고 흐르던 핏물과 사지가 잘려 나간 채 얼음 속에 얼어붙어 있던 아버지의 모습밖에 없었다.

이윤이 모용설지와 모용세가의 원로들을 향해 몸을 날리려는 순간 어디선가 강한 마기가 밀려와 이윤을 밀어냈다.

잠시 밀려난 이윤은 곧 신형을 바로 세우고 나직이 읊조렸다.

"음! 모용추!"

바로 천공 모용추가 모습을 드러낸 것이었다. 숱한 음모와 함정으로 이윤의 목숨을 노려 온 무죽림주 모용추가 드디어 이윤의 눈앞에 나타났던 것이다.

그리고 그 뒤로 일군 모용소군이 모습을 드러냈다.

4

악성추가 제령도를 지니고 먼 길을 돌아 모용세가로 오게 된 것은 악성추 스스로 생각한 일이 아니었다.

제령도에 깃든 혁세기의 기운이 악성추를 모용세가로 가도록 계속 재촉했던 것이다. 사실 그렇게 한 이유는

 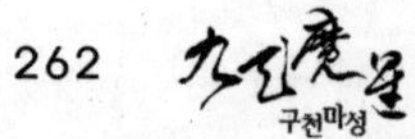

따로 있었다.

혁세기는 원래 악성추가 아닌 강소현의 몸을 이용하려고 생각했었다. 강소현의 몸이 순음지체라 훨씬 안정적으로 자신의 기운을 갈무리할 수 있었기 때문이다.

그러나 운사 정렴이 말한 것처럼 우연이란 것은 아무리 뛰어난 능력을 지니고 있다고 해도 피해갈 수는 없는 것이었다.

우연찮게 악성추의 눈에 강소현이 들어왔고, 제령도 그 자체는 선택만을 받을 뿐이지 마음대로 선택할 능력은 없었기에 하는 수 없이 악성추에게 깃들고 만 것이었다.

하지만 악성추의 몸은 제령도의 기운이 머물기에 바람직하지 않았다. 그러자 제령도에 깃든 혁세기의 기운은 끊임없이 악성추를 자극했고, 결국은 악성추의 사문인 화산에서 난리를 치게 만든 후 결국 모용세가로 향하도록 만들었던 것이었다.

그리고 그 모용세가로 제령도의 기운이 옮겨간 것을 가장 먼저 안 사람이 바로 정홍연이었던 것이다.

이윤이 연무장으로 들어가자마자 정홍연은 잠행을 시작했다.

정홍연은 섬서의 화산에서부터 제령도를 좇아 심양까

지 왔다가 제령도의 기운이 모용세가로 이어진 것을 확
인하고는 대도로 돌아가 이윤을 기다려야 했다.

정홍연의 입장에서야 바로 들어가 악성추를 찾아 제
령도를 회수하고 싶었지만, 어찌 되었건 모용세가가 이
윤의 외가였으니 함부로 손을 쓸 수가 없어 발길을 돌렸
던 것이다.

모용세가의 건물들은 그 역사처럼 외부는 고색창연했
고 내부는 조밀하고 복잡했기에 정홍연은 건물 하나하나
씩을 모두 수색하여 악성추를 찾아야 했다.

제령도의 마기가 살아 있다면 찾기가 수월했겠지만
마기는 전혀 느껴지지 않았다.

그것은 제령도가 누군가를 선택해 마기를 안으로 갈
무리할 정도로 안정을 찾았다는 것을 의미했고 이윤과
정홍연에게는 좋지 않은 징후가 아닐 수 없었다.

'악성추란 자가 제령도의 마기를 수렴할 수는 없었을
것인데……'

정홍연의 생각에 악성추는 제령도가 선택할 대상이
되지 못했다. 강소현은 순음지체이니 가능한 일이었지만
악성추는 이미 본신에 화산의 기운을 쌓은 지 오래되어
제령도의 기운과는 맞지 않았다.

그런데도 제령도의 기운이 악성추에게 스며든 것은 아마도 일종의 전이 과정이라고 해야 옳았다.

순음지체를 선택하려 했지만 스스로 마기를 갈무리하는데 시간이 오래 걸리고 자신이 쫓는다는 것을 알았을 것이니 급하게 원치 않는 몸을 선택한 것이 확실했고 그렇다면 모용세가에서 누군가를 선택해 마기를 안정시키려 할 것이 확실했으니 정홍연은 마음이 급했다.

그리고 또 마음이 아팠다.

사형 스스로가 해결해야 할 일이라는 생각에 이윤을 혼자 남겨 두었지만 외가의 어른들에게 검을 겨누어야 할 그의 마음이 갈가리 찢길 것을 생각하니 가슴 한구석이 계속 아팠던 것이다.

스스로 생기는 사형에 대한 연민의 정을 간신히 억누르며 수색을 계속하던 정홍연의 눈에 건곤각이라고 쓰인 명패를 건 건물의 지하로 난 통로가 발견되었다.

'밀실인가?'

입구도 숨겨져 있었고 더구나 철문이 굳게 잠겨 있어 무언가 은밀한 냄새가 나자 정홍연은 그대로 문을 열고 안으로 빨려 들어갔다.

'뇌옥이었군.'

삼 장 정도를 아래로 내려가자 통로 사이로 드러난 것은 양옆으로 쇠문이 설치된 뇌옥이었다. 뇌옥의 수는 모두 열 개였는데 각기 한 명씩이 안에 수감되어 있었다.

모두가 의식이 없거나 이지를 상실한 것으로 보여 모용세가의 중요한 죄인들을 무공을 폐한 후 가두는 곳이라는 것을 쉽게 짐작할 수 있었다.

정홍연은 천천히 뇌옥 안의 인물들을 하나씩 세밀하게 살폈다.

그러다 뇌옥 한군데에서 멈춰 섰다. 안에는 산발을 한 젊은 인물이 거의 반 혼절한 상태로 가슴을 드러낸 채 가쁜 숨을 내쉬고 있었는데 정홍연이 멈춘 것은 뇌옥 안의 인물을 알아봐서가 아니었다.

바로 뇌옥 안의 인물이 입고 있는 옷!

반쯤 벗겨져 걸쳐 있는 상의의 소매에서 자신이 찾고 있는 단서를 발견한 것이었다.

옷은 더렵혀지긴 했지만 소매에는 작은 매화문양들이 촘촘하게 새겨져 있었던 것이다.

화산파의 제자들만이 입는 옷임이 확실했다.

'이자가 악성추란 말인가?'

정홍연은 뇌옥의 자물쇠를 우수로 가볍게 뜯어 낸 후

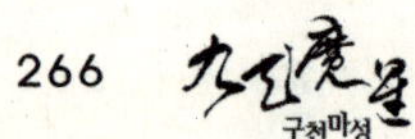

안으로 들어가 다시 한 번 청의에 새겨진 매화문양을 확인했다.

그리고 확실히 매화문양임을 확인하자 산발을 한 자의 혈을 짚어 의식을 깨웠다.

"네가 악성추란 자이냐?"

"으흐흐흐흐!"

악성추로 보이는 자는 의식이 살아났는데도 거의 광인처럼 정홍연의 질문에 대답하기는커녕 기괴한 웃음만을 흘렸다.

"네가 악성추가 맞느냐? 제령도는 어디에 있느냐?"

"크으으으! 내 보물! 내 보물!"

정홍연의 입에서 제령도란 말이 나오자 눈빛을 빛내는 것으로 보아 악성추가 확실했다.

"제령도는 어디에 있느냐?"

"네 보물을… 내 보물을 그년이… 크흐흐흐흐!"

'그년?'

그렇다면 악성추에게서 제령도를 빼앗아 간 사람이 여인이란 말인가?

아니 정확히 말해 제령도가 악성추를 버리고 어느 여인의 몸을 선택했다는 말이었다.

“그 여인이 누구냐? 넌 화산제자다. 화산제자 악성추는 제마멸사의 심정으로 제령도를 누가 가져갔는지 말하라.”

정홍연은 마음이 급해지자 강력한 선기를 발산하여 악성추 본연의 신분이 제마멸사를 기치로 하는 화산파의 제자라는 것을 자극했다.

“크흐흐흐흐! 마… 보물은 그년이…….”

“그년이 누구냐?”

“소… 소군, 그년이…….”

“이런!”

악성추의 입에서 나온 말에 정홍연은 낭패하여 탄성을 자아냈다. 숨이 탁 하고 막혀 왔다.

‘제령도가 소군 언니를 선택했단 말인가?’

그것은 최악의 경우에는 자신이나 사형의 손으로 모용소군을 죽여야 한다는 것을 의미했다.

잠시 충격에 휩싸여 있던 정홍연은 점점 차분해지더니 악성추를 향해 손을 뻗었다.

“모든 것은 만물의 순리에 따라 정해질 것이니 무엇을 걱정한단 말인가? 악성추야! 너는 도문의 제자로 소현이를 죽이고 마물을 얻었으니 그 죄가 크다. 오늘 내가 네 생기를 거두니 다음 생에서는 부디 참회하고 살아라.”

정홍연은 그대로 악성추의 사혈을 짚었다. 악성추의
숨이 잦아들었지만 고통스러워하지는 않았다. 죽어 가는
그의 눈에 화산에 만발한 매화가 들어왔다.

악성추가 숨을 멎자 정홍연은 바로 몸을 일으켜 뇌옥
을 벗어났다.

사형이 위험하다는 생각에 거칠 것이 없었다.

*　　*　　*

겉으로 보기에 모용추의 모습은 그저 초로의 노인으
로 보였다. 삼백 년을 넘게 산 사람으로도 보이지 않았
고, 오행혈마공이라는, 아니 오행의 기운을 받아들여 마
공을 연마한 마두로 보이지도 않았다.

"그대가 무죽림주 모용추인가?"

"불경하다. 네 어미인 설란의 조사이시다."

"감히 어디서 하대를 하느냐?"

이윤이 모용추를 아수라묵죽검으로 가리키며 말하자
모용설지와 모용세가의 원로들이 분기를 터트렸다.

"하하하하하하! 과연 그 사부에 그 제자로다. 그 기운
이 혁세기에 못지않구나."

모용추가 웃음을 터트리자 이윤은 묘한 웃음을 지었다.

'저자는 아직도 자신이 혁세기의 손아귀에서 놀아나고 있음을 알지도 못하는군.'

"무엇이 그리 우스우냐?"

모용추는 바로 이윤의 입가에 서린 웃음을 발견하고는 물었다.

"그대는 불사조를 아는가?"

"무슨 해괴한 말이냐?"

"그대는 자신이 불사조인 줄 알겠지만 사실은 썩은 고기나 뜯어먹는 부엉이에 불과하다. 아니 그저 혁세기의 이름만 들으면 놀라서 비명을 지르고 공포와 경악에 우왕좌왕하는 쥐새끼에 불과하다."

"이놈! 지금 네놈이 감히 나에게 무슨 말을 하고 있는 것이냐?"

"그대는 그것을 알 자격도 없다. 한낱 자신의 명예와 허영을 위해 자손들을 도산검림(刀山劍林)으로 내몰고 피를 보게 했으니 말이다. 오너라! 내 오늘 네 몸에 깃든 오행의 기운을 제거해 네 음모로 인해 희생된 아버지와 어머니의 원한을 갚겠다."

이윤은 바로 아수라묵죽검에 진기를 불어넣으며 모용

추를 압박해 들어갔다.

일백팔적연검법!

정태고, 아니 운사 정렴이 만든 일백팔마선검법의 파해검법이 이윤의 손에서 모두 펼쳐져 나가기 시작했다.

연무장에는 삽시간에 거대한 소용돌이가 휘몰아쳤다.

모용추 또한 자신이 얻은 오행혈마공을 극성으로 끌어올려 이윤을 압박했다.

강기와 강기의 난타전이 연무장의 바닥을 다 헤집고는 곳곳으로 비산했다. 그러다 일백팔적연검법의 마지막 검식이 풀려나가자 이윤의 몸에 가득했던 용호결의 선기가 모두 쏟아져 나가 오행혈마공으로 몸을 감싼 모용추의 몸을 다시 감쌌다.

그리고는 정적이 찾아왔다.

용호결의 선기는 조금씩 오행혈마공의 기운을 찢어나가기 시작했다. 오행혈마공의 기운이 찢길 때마다 모용추의 전신혈맥도 하나씩 잘려 나갔다.

흙먼지가 가라앉고 이윤과 모용추의 모습이 드러났다.

이윤은 입가에 피를 흘리고 있었지만 모용추는 전신에서 솟구쳐 오른 피가 백의를 적시며 바닥으로 흘러내리고 있었다. 그리고는 맥없이 모용추의 몸이 허물어졌다.

구천마황 혁세기에게 패한 후 그의 심복인 천공이 되어 수없이 많은 날들을 혁세기에 대한 분노의 음모로 살아온 모용추가 천리를 어기고 이어온 삶을 마감하는 순간이었다.

이윤 또한 허무했다.

"네가… 정녕 네가! 감히 조사를 죽였단 말이냐?"

모용설지는 현실을 받아들이기 힘들었던지 이윤을 향해 분노의 고함을 쏟아 냈다.

그러자 이윤의 입에서 낮지만 강한 음성이 흘러나왔다.

"천산에 꽃은 죽어도 설란은 죽지 않는다."

이윤의 말에 모용설지가 입을 다물지 못하고 멈춰 섰다.

"그대가 죽인 내 어머니, 바로 당신의 언니를 사람들은 그렇게 불렀소. 그대 또한 내 손에 죽어야 하나 그대들이 인륜을 버린다 하여 나 또한 버릴 수 없어 오늘 천륜마저 어긴 모용추를 단죄하는 것으로 끝내는 것이니 당신이 인간이라면 부디 자중하시오."

이윤의 음성은 준엄하고도 가슴을 끊어 내는 한을 담고 있어 모용설지는 그대로 움직이지 못했다.

이윤은 천천히 몸을 돌렸다.

이제 제령도를 찾아 없애고 나면 사매와 함께할 수 있다고 생각하니 마음이 따뜻해지면서도 텅 빈 것 같았다.

'아버지와 어머니는 날 용서하실까?'

스스로 복수의 끝을 여기까지로 정했는데 아버지인 이문엽과 어머니인 모용설란이 못난 자식을 용서하실까 하는 생각에 목이 메어 왔다.

"공자!"

그 때 이윤의 뒤에서 익숙한 목소리가 들려왔다.

'모용소군……'

자신도 그렇지만 모용소군 또한 어쩌면 피해자일 수도 있다는 생각을 이윤은 항상 해왔었다. 늘 자신과 사매 정홍연에게 호의적이었던 모용소군이다.

그리고 모용소군이 전해 준 정보로 결국 시신이나마 아버지를 찾았고, 또 사매 정홍연을 다시 만날 수 있었다.

'내가 소군을 잊고 있었군.'

"공자! 모용세가는 더 이상 공자를 적으로 여기지 않을 것이에요."

모용소군의 목소리가 다시 흘러나오자 이윤은 하는 수 없이 몸을 돌렸다.

“소군께서 그리 말씀해 주시니 다행이오.”

이윤이 몸을 돌리자 모용소군이 한 발 더 다가서더니 말했다.

“제가 이 공자께 전해드릴 것이 있어요.”

갑작스런 말에 이윤은 잠시 당황했지만 이내 말을 받았다.

“제가 당연히 받아야 할 것이라면 받을 것이나 그것이 아니라면 사양하겠소. 그래도 되겠소?”

“그럼요. 하지만 받지 않으실 수 없을 거예요.”

소군은 이윤의 말을 받아 제 할 말을 하고는 손은 쑥 하고 내밀었다.

그 손에서는 알 수 없는 문양들이 가득한 기형의 도가 솟아 나왔다.

“사형! 조심해요.”

그제야 연무장으로 날아들던 정홍연의 입에서 날카로운 고성이 흘러나왔다.

그러나 이미 모용소군의 손에서 솟구쳐 나온 제령도가 이윤의 복부를 파고들고 있었다.

이윤이 무릎을 꿇었다.

“잘해 주었다. 잘해 주었어. 넌 과연 나 혁세기의 제자다. 이제 네가 나보다 강하지 못함을 알게 되었으니 정태고 역시 그와 같다. 난 널 죽이고 좌우도방을 찾아 갈 것이다. 거기서 나 혁세기가 고금을 통틀어 가장 강함을 증명할 것이다.”

모용소군의 입에서 여인의 목소리가 아닌 굵은 남자의 목소리가 흘러나왔다.

제령도에 깃든 혁세기의 기가 모용소군을 완전히 지배한 것이었다.

그 때 정홍연이 그대로 무릎을 꺾은 이윤의 뒤로 앉아 자신의 원신을 그대로 다 밀어 넣었다.

“흐흐흐흐! 강하구나. 과연 강해. 하지만 너희 둘의 힘을 합하여도 생사금침 중 사침(死針)의 진력이 깃든 제령도의 기운을 막아 낼 수는 없다. 결국 내 생각대로 너희 둘을 이렇게 제거하게 되는구나. 흐흐흐흐흐!”

모용소군의 입에서 나오는 말처럼 제령도는 정홍연의 원신에 의해 조금 밀려 나갈 뿐 더 이상 움직이지 않았다. 그렇다고 해서 제령도가 이윤의 몸속으로 더 파고들지도 못했다.

밀고 당기는 싸움이 시간이 멈춘 듯 그대로 이어졌다.

그 때 모용설지가 모용세가의 원로들에게 눈짓을 했

다. 이 기회를 이용해 이윤을 제거하고 세가의 치부를 덮고자 함이었다.

두 명의 노인이 힘의 균형으로 인해 움직이지 못하고 있는 이윤과 정홍연을 향해 다가섰다.

콰르르릉!

번쩍!

그러나 다가서던 두 노인은 마른하늘에서 갑자기 떨어진 뇌전에 의해 검게 타버린 채 연무장 바닥에 나가떨어졌다.

"누구도 움직이는 자는 통구이가 될 것이니 그리 아시오."

갑자기 나타난 백의녀의 입에서 미모와는 다르게 살벌한 일갈이 터져 나왔다.

"벼, 벽력사태!"

모용설지는 놀라 다시 뒤로 물러섰다.

"염병! 벽력사태는 얼어 죽을… 아무튼 누구도 움직이지 마시오. 움직이면 바로 튀겨 죽일 것이오."

나타난 사람은 공명이었다.

공명은 험악한 협박을 하고는 지금의 사태를 예의 주시하며 살피기 시작했다.

공명은 육신통으로 지금의 사태를 어렵지 않게 파악할 수 있었다.

'진퇴양난이로고!'

공명이 판단한 상황은 이랬다.

모용소군의 손에 들린 도가 이미 이윤의 복부를 파고들었다. 그냥 도가 파고든 것이라면 문제가 아니었지만 제령도는 그냥 도가 아니다. 생사금침의 사침의 모든 공능을 가지고 있으니 사침에 찔린 자는 반드시 죽는다.

이미 이윤은 저항이 불가능한 상태였다.

그런데도 이윤이 아직 숨이 붙어 있는 것은 바로 정홍연의 원신 때문이었다.

정홍연은 자신의 원신을 모두 이윤의 몸에 밀어 넣어 도기가 더 이상 이윤을 침범하지 못하게 막으면서 생기를 보호하고 있는 것이었다.

균형이라고는 하지만 절대 불리한 균형인 것이었다.

'지 좋은 일은 혼자 다 하는구나.'

공명은 목숨은 물론이요, 원신까지 다 내걸고 이윤을 보호하고 있는 정홍연이 부러웠다.

다른 사람들 같으면 '부러울 것이 따로 있지?' 하겠지만 공명은 정말이지 정홍연이 부러웠다. 그리고 더 안

타까운 것은 지금 이 순간에 자신이 사형인 이윤을 위해 할 수 있는 것이 고작 냄새나는 노인네들이 접근하는 것을 막는 것밖에 없다는 것이었다.

"이를 어쩌면 좋소. 이를 어쩌면 좋소."

공명의 입에서 애절한 음성이 흘러나왔다.

그 순간 정홍연은 공명이 이윤을 사모하고 있음을 확인할 수 있었다. 자신이 죽어도, 아니 죽음은 무의미하다고 생각했다. 이미 원신을 얻었으니 말이다.

그 원신마저 사라져도 사형을 사모해 주고 지켜 줄 사람이 있다는 것이 기뻤다.

그래서 더 기운이 났다.

'공명이 왔군.'

이윤 또한 무의식중에 공명의 목소리를 들었다. 사매인데도 불구하고 이윤은 항상 공명에게 신세만 지고 살았다는 생각이 들자 마음이 아팠다.

'내가 널 또 힘들게 하는구나. 정말 미안하다.'

"흐흐흑! 엉엉! 사형! 본래 만물의 근원은 안에 있다고 했소. 어어엉! 그러니 지금 가지 마시오. 지금 가면 난 어쩌란 말이오. 죽림에까지 가서 뭘 하셨소? 거기서, 아니, 어디서라도 뭐 얻은 것이 없는지 생각해 보시오.

제발 가지 마시오. 어엉!”

공명은 거의 대성통곡을 하며 이윤을 향해 말했다. 그러면서도 주변을 향해서는 계속해서 강력한 기운을 뿜어내고 있었다.

기필코 사형인 이윤을 지키겠다는 그녀의 마음과 사형을 잃을지도 모른다는 두려움이 그대로 이윤의 마음속으로 전해졌다.

이윤은 그런 공명의 마음을 느끼자 마음이 아팠다. 자신을 좋아하는 것을 알면서도 모르는 척해 왔던 것까지 미안했다.

이윤은 단 한 번만이라도 공명을 기쁘게 해주고 싶었다. 여기서 살아난다면 반드시 그리해야겠다고 결심했다.

그 순간 죽림에서 운사 정렴이 전해 준 법문이 갑자기 생각이 났다. 그 이후로는 한 번도 생각해 본 적이 없었던 것이 공명의 흐느낌을 듣는 순간 생각이 난 것이다.

하지만 그 법문이 생각나며 이윤이 마음으로 읽기 시작하자 이윤의 체내에서 생사금침의 생침(生針)이 격렬하게 반응하기 시작했다.

이윤의 몸속에 있는 화기를 억제하고 있던 생침은 온갖 화기를 그대로 끌어안고는 사침을 향해 밀려가더니 격렬하게 부딪쳤다.

그 순간 생사금침은 하나가 되며 그대로 소멸해 버렸고 모용소군의 손에 쥐어졌던 제령도의 문양들이 하나씩 모두 떨어져 나가더니 바닥에 나뒹굴었다.

모용소군이 먼저 튕겨져 나가고 이어서 정홍연이 뒤로 넘어지더니 곧 이윤이 몸을 뉘였다. 그러자 공명은 급히 달려들어 이윤을 부둥켜안고는 고래고래 소리를 질렀다.

"의원! 의원을 부르시오. 어서!"

하지만 모용세가에서 이윤을 위해 의원을 불러 줄 사람은 아무도 없었다.

"이런 젠장! 결국 내가 또 손을 써야 하는군. 그것도 둘이나!"

공명은 투덜거리며 품 안에서 침을 꺼내더니 쓰러진 이윤과 정홍연을 번갈아 바라보았다.

6.
구천마성(九天魔星)

구천
마성

1

구천마성이 무너지고 쏜살같이 흐른 세월은 어느새 둥지를 박차고 나온 구중천마저 무너뜨렸다.

구마사가 모두 저세상으로 떠나니 구중천은 평범해졌다.

물론 살아남은 구마혼의 무공은 강했다.

하지만 구마사만큼 절대적이진 못했다. 그러니 각기 얻은 문파의 이름으로 독보천하를 고집하기는 어려웠고, 한때 연합체였던 북검회와 남도천에 속했던 구중천마저 뿔뿔이 흩어져 버리자 어디서도 구천마성이나 구중천이란 이름은 들려오지 않았다.

모용세가에서 소마황과 은발연화가 동귀어진 했고, 그 일을 주도한 것이 정도맹과 마도련이라는 소문이 나돌았고 모용세가는 그 때를 맞춰 봉문을 선언했다.

무림이 구천마황 혁세기 이전으로 돌아간 것이었다.

절대강자가 없는 가운데 정도맹과 마도련은 구천마성 이전의 역사에서 그랬듯이 끊임없이 충돌하며 서로를 견제했다.

그런 가운데 양대 세력의 힘이 미치지 않는 완충 지역이 생겨났는데 그곳은 바로 호북의 무한이었다.

그러나 무한이 완충 지역이 될 조건은 아무것도 없다.

정도맹의 종주가 된 소림이 지척이라 할 수 있었고, 개방 또한 그리 멀지 않다.

어떻게 보면 정도맹에 일방적으로 유리한 지역이 무한인 것이다. 그럼에도 불구하고 정도맹도, 마도련도 무한에서 일어나는 일에 대해서만큼은 절대 나서는 일이 없었다.

심지어 각자 소속의 무사가 해를 입어도 그 지역이 무한 인근 오십 리 안이면 수수방관했던 것이다. 그러다 보니 무한은 양대 세력을 피해 쫓기는 무림인들이 가장 안전하게 숨을 수 있는 곳이 되어 이곳저곳에서 쫓겨 온 자들로 넘쳐났고, 이를 틈타 기루와 객잔은 성업을 이루었으며 사건이 끊이질 않았다.

그러나 그렇게 이 년의 세월이 지나자 더 참지 못한 정도맹과 마도련은 마침내 이 문제를 해결하기 위한 회합을 가지기로 하고 각자 가장 영향력 있는 인물을 파견했다.

하지만 그들이 먼저 찾은 곳은 바로 무한의 외곽에 위치한 작은 장원이었다.

장원은 규모가 크지 않은 고가였는데 문은 비스듬하게 약간 열려 있는 상태여서 누구나 출입이 가능한 상태였지만 대략 다섯 명의 무인이 안으로 들어가지 않고 기다리다가 인기척을 느끼자 일제히 머리를 돌렸다.

나타난 인물들은 승인이었는데 모두 소림의 계인이 찍혀 있었다.

"오랜만이오. 이런 곳에서 그 차기 소림방장으로 거론되고 있는 유명하신 칠검 해원 대사와 사대금강을 뵙는구려."

먼저 장원 앞에 도착해 있던 인물 중 한 명이 입을 열었는데 비꼬는 태도가 역력했다.

"나무아미타불! 마도련의 눈이라는 영목당의 당주이
자 일월신교의 차기 교주이신 독고영무 당주를 뵈오니
정말 반갑소."

마주 대한 인물 중 두 사람은 모두 현 무림의 양대 세
력에서 차기 맹주 자리와 련주 자리를 예약한 상태로 바
로 소림이 해원 대사와 일월신교의 소교주 독고영무였
다.

"그런데 독고 시주는 어찌 안으로 들어가지 않고 계
셨소? 설마 빈승들을 기다려 주신 것이오?"

"암요, 그럼요. 당연히 기다려야지요. 기왕 이렇게 약
속을 한 것인데 먼저 들어가는 것보다는 함께 들어가는
것이 낫지 않겠소?"

'아미타불! 한이나 그래서 기다렸겠다. 먼저 들어가
욕을 먹을 생각을 하니 겁이 낫겠지.'

해원 대사는 속으로 독고영무를 비웃었지만 자신의
처지도 별반 다르지 않다는 것을 깨닫고는 헛기침을 했
다.

"허험! 그리 빈승을 생각해 주시니 고맙소. 자 그럼
안으로 연통을 넣으시오. 들어갑시다."

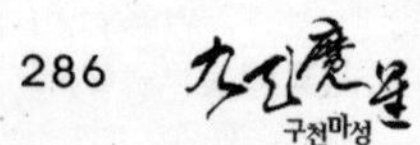

“그럽시다. 아니, 대사께서 연통을 넣으시지요.”

독고영무는 자기 보러 연통을 넣으라는 말에 그렇게 하겠다고 말했다가 황급히 말을 바꿨다. 이곳에 오기 전에 신신당부하던 누이 독고영경의 말이 생각났던 것이다.

“도대체 무한에 들어가지 못하는 이유가 무엇입니까, 아버님! 무한만 우리 마도련에서 접수하면 소림이나 개방이 사정권 안에 들어옵니다. 무한을 발판으로 하여 정도맹의 핵심을 공략할 수 있습니다.”

“어리석은 소리! 넌 무한에 누가 사는지 아느냐?”

“그야 사람이 살겠지요. 그걸 다 알아야 합니까?”

“당금 천하제일인이 누구냐?”

“그야 당연히 청조각의 벽력사태시지 않습니까? 천봉도로 들어가 나오지 않는다고 하던데요.”

“그 벽력사태가 무한에 산다.”

“예? 뭐라고요?”

“나머진 영경이에게 물어봐라. 아무튼 무한에 가는 일은 조심에 조심을 더 해야 한다.”

아직 일월신교의 대통을 물려받지 못한 독고영무는 아

버지에게 마도련에서 먼저 무한을 공략해야 한다고 설파하다가 벽력사태가 무한에 산다는 말에 화들짝 놀라 누이인 독고영경에게 달려갔다.

"누님! 벽력사태가 무한에 산다는 말이 정말입니까?"

"그건 어째서 묻느냐?"

"아버님 말씀으로는 그래서 우리 련이나 정도맹에서 무한을 넘지 않는 것이라고 하시던데요."

"그렇다고 볼 수도 있겠지."

독고영무는 누이의 말이 답답했다.

누이인 독고영경이 변한 것은 벌써 오래되었다. 혈기왕성하고 나서기 좋아하던 누이는 벌써 사라진 지 오래된 것이다. 누이의 무공이 아버지를 능가했다는 말이 들렸고, 때로는 벽력사태와 버금간다는 소문도 돌았었다.

그럴 때마다 누이에게 이것저것 물어보았지만 언제부턴가 누이는 선문답 같은 말로 일관하곤 했다.

사람이 달라져도 어떻게 저리 달라질까 싶을 정도여서 독고영무는 심지어 누이가 병에 걸린 것이 아닐까 하는 황당한 생각까지 한 적이 있었다.

하지만 아무리 자신이 일월신교의 차기 교주이자 마도

 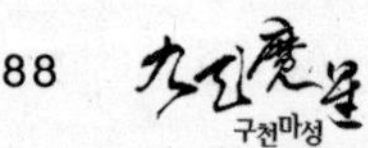

련의 차기 련주여도 마도에서 구중천이 사라진 후 가장 강한 고수는 바로 누이인 독고영경이었으니 함부로 말을 꺼내기가 어려웠다.

"무한에 갈 일이 있느냐?"

"예, 누님! 이번에 정도맹과 무한 일대에서 벌어지고 있는 일을 처리하는 문제로 회합을 하기로 했습니다."

"그래?"

"예. 그 일로 아버님을 뵈었는데 누님께 가 보라고 하시더군요."

"그랬구나."

"예? 그게 다예요?"

누이의 말에 당황한 독고영무의 입에서 예전 어릴 때 같은 말투가 나오자 그제야 독고영경이 눈을 돌렸다.

"오냐, 알았다. 하지만 이건 누구에게 말을 해서도 안 되는 것이다. 마도련의 누구에게도 말이다."

"예, 알겠습니다. 누님!"

"너도 내 사형을 알지?"

"예, 알다마다요. 무오 선사 아닙니까? 무오 선사를 믿고 칠검 해원 땡중이 얼마나 기고만장한지 아십니까?"

"호호호호! 그랬느냐? 아마도 무오 사형도 해원에게

나같이 당부했을 것이다.”

“무엇을요?”

“무한 외각에 가면 작은 장원이 하나 있다. 그곳이 바로 나와 무오 사형의 사문인 적연문이다.”

“예? 그런 일이?”

독고영무는 깜짝 놀랐다. 적연문이란 이름을 아는 사람은 많지 않고 알아도 공공연한 비밀이었다.

바로 이 년 전 모용세가의 봉문과 소마황, 그리고 은발연화의 동귀어진으로 마무리 지어진 혈사와 직접적으로 관여된 문파였으니 말이다.

“그 장원이 바로 적연문의 본문이다. 그리고 당대의 적연문의 장문이 바로 벽력사태이시다.”

“그랬군요. 그래서 정도맹에서도 무한에 발을 들이지 않았군요.”

“무한에서 만약 너희 련과 정도맹이 부딪히면 아마도 장문사고께서 매우 불쾌하게 생각하실 게다. 더구나 아마도 요즘 그분의 심기가 아주 안 좋으실 것이니 말이다.”

“벽력사태께서 무엇 때문에 심기가 안 좋으시단 말씀이십니까?”

“그만큼 알면 되었고, 아마도 해원도 너와 같은 입장일 것이니 무한에 가면 만사 경거망동하지 말고 조심하여라. 특히 사문에는 어른들이 많으니 언행에 각별해야 한다. 내 연통은 넣으마.”

독고영무는 그렇게 누이인 독고영경과의 독대를 끝냈었다.

독고영무가 누이와의 만남을 회상하고 있을 때 해원 대사 또한 태사조인 무오 선사와의 만남을 회상하고 있었다.

“사손이 이번에 무한에 간다지?”

달마동에 은거하여 나오지 않던 무오 선사가 갑자기 나타나자 해원은 화들짝 놀랐었다.

“제자 해원이 태사조를 뵈오.”

무오 선사의 나이가 자신보다 일곱 여덟은 어렸지만 장문인도 조심하여 대하는 태사조였으니 해원은 급히 무릎을 꿇고 절을 했다.

손을 잡아 해원을 일으켜 세운 무오는 해원을 바라보다가 뜬금없는 말을 했다.

“무한에 가면 언행에 각별히 조심하시게.”

그 말에 해원은 평소에 없던 용기를 내어 직접적으로 태사조에게 물었다.

“도대체 무한에 무엇이 있길래 숭산에서 코앞인데 정도맹이 손을 쓰지 못하도록 하시는 것입니까?”

무한에 정도맹의 지부를 설치하지 못하도록 한 것이 바로 무오 선사였다는 말을 얼핏 들은 적이 있던지라 용기를 내어 직접적으로 물었는데 자신이 생각하기에도 불경한 질문이었다.

“허허허허! 사손은 그것이 궁금한 모양이군.”

“궁금합니다. 태사조! 정말 궁금합니다.”

“사손은 당금 무림에서 천하제일인이 누군지 아는가?”

“그야 청조각의 벽력사태 아니십니까?”

“무한에 가서 장문사고를 뵙거든 그 말은 절대 입에 올리지 말게. 그 벽력사태란 말을 듣는 순간 장문사고가 사손을 어찌할지 나도 장담하지 못한다네.”

“그 말씀은 벽력사태가 무한에 있단 말입니까?”

“그곳에 속세에서 맺은 내 사문이 있네. 그리고 이년 전 그 대통을 지금의 사고께서 이으셨네. 그곳에 가면 반드시 언행에 각별히 주의하게. 사문의 어른들이

많으시니 실수를 해서 나와 소림의 체통을 깎아서는 아
니 되네.”

“예? 아! 예. 알겠습니다. 나무아미타불!”

해원은 궁금한 것은 많았지만 태사조가 몸을 일으키
는지라 하는 수 없이 불호로 마무리를 지어야 했다.

“누굴 찾아오셨어요?”

두 사람의 회상은 장원의 안에서 들려온 음성에 저 멀
리로 사라져 갔다.

해원 대사와 독고영무가 목소리를 따라가 보니 장원
의 문 밖으로 어린 소년이 목을 삐죽이 내밀고 있었
다.

‘안 그래도 연통을 넣기 좀 그랬는데 잘되었군.’

“하하하하! 난 일월신교에서 온 독고영무라고 한다.
이미 누님께서 연통을 넣으셨으니 내가 올 것을 알았을
것이다. 장문인께 내가 왔다고 전해 주면 고맙겠구나.
그런데 넌 이름이 뭐니?”

독고영무는 은근히 자신의 누이가 미리 연통을 했다
는 말을 해원 대사를 힐끗 보며 강조해 말했다.

"아, 독고 사질의 집에서 오신 분이군요. 연통은 받았어요. 따라오세요. 그리고 난 강소검이라고 해요."

소년은 독고영무의 말에 아무렇지도 않게 대답하더니 휘적거리며 안으로 들어갔다.

그러자 해원이 독고영무의 얼굴을 고소하다는 표정으로 바라보며 안으로 들어갔다.

'젠장! 저 어린것, 아니 분이 누님의 사숙인 걸 내가 어찌 알 수 있단 말인가? 크흐흐흐!'

독고영무는 똥 씹은 표정을 하며 하는 수 없이 뒤를 따라야 했다.

2

"호호호호! 사형은 정말 재미있어요."

"어디 나만 재미있자고 하는 건가? 사매도 한 번 해 봐."

"또 사매라 부르세요?"

"맞다. 내가 실수를 했네. 연매!"

"어머! 손이 어디로 와요? 명아가 보겠어요?"

"이 녀석은 아직 아마 볼 수 없을걸? 잠깐만 가만히

있어 봐."

전각 안에서는 다정한 남녀의 목소리가 들려왔는데 바로 밖에서는 귀를 쫑긋 세우고 두 사람의 대화를 엿듣는 사람이 있었다.

안에 있는 두 사람은 다름 아닌 이윤과 정홍연이었고, 밖에서 엿듣는 사람은 다름 아닌 공명이었다.

'크흐! 저것들이 이젠 아주 나 듣고 열 받으라고 비는 구나. 빌어!'

공명은 입 밖으로는 내지 않았지만 속으로는 열불이 났다.

이 년 전이다.

그때 모용세가에서 이윤과 정홍연은 절체절명의 순간을 맞았었다.

결국 이윤의 몸에 깃든 생사금침 중 생침으로 혁세기의 혼이 담긴 제령도를 물리치긴 했지만 그 결과로 이윤은 내공을 모두 잃었고, 정홍연은 원신을 잃었다.

그뿐만이 아니었다.

두 사람이 정신을 잃은 후 다시 깨어났을 때 더 황당한 일이 생겼다.

정홍연이 아무것도 기억을 하지 못했던 것이다. 정홍

연은 마치 정지된 시간 속에서 살다 돌아온 사람처럼 이윤을 처음 만났을 때처럼 대했다.

처음에는 아무도 그것을 믿는 사람이 없었다. 심지어 이윤이 무공을 잃었다는 것도 아무도 믿지 않았다.

하지만 정홍연의 머리카락은 예전처럼 검은색으로 돌아와 있었고, 요즘은 예전처럼 '무림풍운록'이라는 '정협지로'의 후속작으로 쓴 무필부의 소설을 손에 쥐고 살며 깔깔거리니 믿지 않을 재간이 없었다.

더구나 그 와중에 두 사람이 단 한 사람의 반대를 무릅쓰고 결혼을 했고 아들까지 낳았고 그 덕에 공명은 결코 원치 않는 장문직을 승계 해야만 했다.

그 이유도 가관이라 적연문이 무공을 익히는 문파이니 무공이 없는 이윤이 계속 장문직을 수행할 수는 없다는 것이었다.

"누구는 뒷방에 들어앉아 희희낙락 무릉도원이고, 누구는 자나 깨나 근심거리밖에는 없구나. 나 들어가오."

공명은 한마디를 내뱉고는 허락도 받지 않고 안으로 성큼 발을 들여놓았다.

안에서는 이제 갓 한 살을 넘긴 이윤과 정홍연의 아들

인 이명(李明)을 목욕시키는 중이었다.

인상을 잔뜩 쓰고 들어선 공명도 이명을 보자 얼굴이 확 펴졌다.

"누구 마음대로 남의 제자를 그리 막 물속에 처넣고 그러시오?"

공명은 들어가자마자 목욕 중인 이명을 빼앗듯이 낚아 채 안으며 툴툴거렸다.

이명은 공식적으로 공명의 제자가 되기로 되어 있었던 것이다.

"장문 사매! 아직 시작도 안 했는데?"

"그만하시오. 날씨도 쌀쌀한데 차가운 물에 목욕을 씻기면 어떡하오?"

한여름인데도 날씨가 쌀쌀하다고 우기니 아들을 빼앗긴 이윤과 정홍연은 더 할 말이 없어 서로를 마주보며 빙긋이 웃었다.

"사저는 이참에 무림풍운록을 들고 무림에 나가 보시는 것이 어떠시오?"

"정말 그래도 돼?"

"그럼 안 될 것은 또 뭐요?"

"무림에는 흉악한 마두들도 많다던데……."

정홍연의 입에서 나온 말은 공명이 혀를 내두르게 했다.

'제일 흉악한 사람이 바로 댁이오.'

공명은 그리 말하고 싶었지만 밖으로는 내지 못하고 말을 돌렸다.

"아무튼 명이는 내가 데려가 좀 볼 것이니 그리 아시오. 아! 그리고 오늘 밖에서 누가 올지도 모르니 가급적 안에서 있고요. 그럼 난 가오."

공명은 이명을 가슴으로 꼭 끌어당겨 안으며 밖으로 나가 버렸다.

그러자 이윤과 정홍연의 눈이 빠르게 마주쳤다.

'이 때가 기회다.'

두 사람은 같은 생각을 하고는 바로 안으로 들어갔다.

"내가 너 땜에 산다. 아이구, 이쁜 것!"

공명은 연신 이명의 볼에 자신의 얼굴을 비벼가며 서둘러 자신의 처소로 갔다. 처소에 손님이 와 있다는 기별을 받은 것이다.

아니나 다를까 처소로 가니 두 사람이 소검과 함께 기다리고 있었다.

"일월신교의 소교주이자 마도련의 영목당주인 독고영

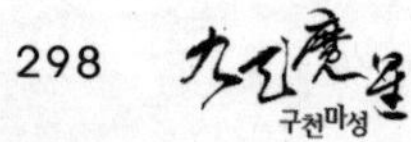

무가 벽, 아니 장문인을 뵙습니다.”

“정도맹 신안당주 소림의 해원이 사, 아니 장문인을
뵙습니다.”

두 사람은 하마터면 벽력이라든가 사태란 말이 튀어
나오려는 것을 간신히 살피고 깊게 고개를 숙이고 몸을
세웠다.

눈앞에는 아름다운 이십 대 후반의 여인이 웬 아이를
부둥켜안고 서 있었는데 가히 절세가인이 아닐 수 없었
다.

하지만 입에서 나오는 말은 가히 두 사람의 상상을 깨
고도 남음이 있었다.

“니들은 좋겠다.”

“예?”

“예? 어인 말씀이신지?”

“하는 일이 많아서 좋겠다고!”

“아! 예.”

“예.”

“그래, 여긴 왜 왔냐?”

“그것이 무한에 워낙 흉흉한 무리들이 들끓는지라 아
무래도 저희 정도맹 쪽에서 그들을 올바른 방향으로 이

끌어야 하지 않을까 해서 말씀을 올리려 뵙게 되었습니다."

해원 대사가 먼저 선수를 쳐 최대한 공손하게 말했다.

"하지만 그 일은 아무래도 저희 마도련에서 하는 것이 낫다고 생각합니다. 그런 일에는 아무래도 악인들을 다루는데 경험이 많은 우리가 낫다고 생각합니다."

두 사람에게 자리도 권하지 않고 말을 듣고 있던 공명은 여전히 눈을 이명과 맞추고 있다가 두 사람의 말이 끝나자 입을 열었다.

"니들은 누구처럼 오지랖이 넓어서 참 좋겠다. 그런데 내 생각엔 니네들이나 제발 올바른 방향으로 스스로 이끌어 가면 좋겠구나."

"……."

"……."

두 사람이 꿀 먹은 벙어리가 되자 공명은 하는 수 없이 다시 말했는데 귀찮다는 태도가 역력했다.

"그럼 니들 하고 싶은 대로 해 보든가……."

공명의 말에 두 사람의 눈에서 기광이 돌았다.

"하오시면 허락하시는 것입니까?"

"그렇다면 저희 마도련에서……."

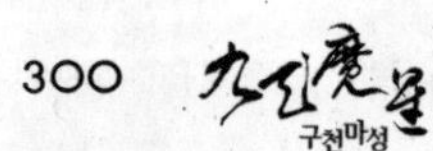

그 때 공명이 시선을 이명에게서 떼며 말했다.

"단, 조건이 있다. 너희들 마음대로 하되 이곳에 강기 한 줄기라도 튀었다가는 그 때는… 알지?"

그걸로 두 사람은 물러나야 했다.

"아니 강기가 무슨 아무나 쓸 수 있는 것인가, 튀게?"

"글쎄 말이오, 그 눈 보셨소?"

"나도 말로만 듣고는 오늘 처음 보오. 마지막에 백안이 되는 것을 보고 심장이 멎는 줄 알았소. 귀 교에서도 그런 무공이 있다고 들었소만."

"아무튼 벼락 안 맞고 나온 것만도 다행이오. 그래 앞으로 어찌했으면 좋겠소?"

"일단은 무한은 그대로 두는 것이 좋겠소. 벽력사태가 있는데 무슨 일이 나겠소?"

"그렇지요?"

해원 대사와 독고영무는 함께 공명을 만나고 장원을 벗어나며 의견의 일치를 보았다.

그 때 장원 밖으로 나가는 일남일녀의 모습이 눈에 들어왔다.

'누구지? 언제 한 번 본 것 같은데……'

'저 두 사람은 어쩐지 낯이 익군.'

해원 대사와 독고영무가 두 사람을 기억 속에서 끄집어내려 애쓸 때 안에서 강한 기파와 함께 고함이 터져 나왔다.

"이것들 어디 갔어? 정말 나간 거야? 어서 잡아오지 못해?"

"진정하시게. 장문인! 설마 명아를 두고 강호에 나가기야 했겠는가? 잠시 무한 저자에 나간 것일 게야."

"그래요. 설마 명아를 두고 멀리 갔겠어요?"

"그건 대사형 하고 도령 언니가 몰라서 그래요. 아예 봇짐까지 싸서 없어졌다니까요? 그리고 나와서 하는 말인데 그것들… 아니 그 두 사람은 그러고도 남는다고요. 지들이 제일 대마왕인 줄도 모르고 정협이 되겠다나 어쩐대나 하면서, 크, 내가 못산다. 못살아!"

목소리의 주인공은 바로 적연문의 장문인 공명과 그녀의 대사형인 맹성, 그리고 도령의 목소리였다. 그리고 그들의 앞에는 이건과 강소검이 멀뚱멀뚱 눈만 껌벅거리며 서 있었다.

구천마황과 소마황은 죽었다.

사람들은 구중천으로부터 무림을 구해 준 공을 높이
사 소마황에게 별호를 바쳐 그를 기렸다.
　사람들은 그를 구천마성(九天魔星)이라고 불렀다.

〈『구천마성』完〉

1판 1쇄 찍음 2012년 9월 11일
1판 1쇄 펴냄 2012년 9월 14일

지은이 | 정 염
펴낸이 | 정 필
펴낸곳 | 도서출판 **뿔미디어**

편집장 | 이재권
기획 · 편집 | 정시연
편집디자인 | 이진선
관리, 영업 | 김기환, 임순옥

출판등록 | 2002년 9월 11일 (제1081-1-132호)
주소 | 부천시 원미구 상3동 533-3 아트프라자 503호 (우)420-861
전화 | 032)651-6513 / 팩스 032)651-6094
E-mail | bbulmedia@hanmail.net

값 8,000원

ISBN 978-89-6639-930-7 04810
ISBN 978-89-6639-333-6 04810 (세트)

http://www.bbulmedia.com

http://www.bbulmedia.com